光尘
LUXOPUS

我掉进童话世界的那一天

THE DAY I FELL INTO A FAIRYTALE

[英]本·米勒(Ben Miller) 著　阿昡 译

北京联合出版公司
Beijing United Publishing Co.,Ltd.

献给我的父母米克和玛丽安·米勒,

是他们让我爱上了阅读。

目录
contents

序　幕　公园里长出了新超市 / 1
第一章　去超市逛逛 / 5
第二章　格林超市 / 13
第三章　听妈妈读童话 / 23
第四章　童话世界的传送门 / 35
第五章　沉　睡 / 47
第六章　回到超市 / 57
第七章　拉娜和哈里森 / 67
第八章　传送门的秘诀 / 73
第九章　第一位王子 / 79
第十章　拉娜被追捕 / 89
第十一章　一起进糖果桶 / 95
第十二章　第二位王子 / 101

第十三章　城堡苏醒了 / 109

第十四章　野玫瑰的生日派对 / 119

第十五章　陷入危机 / 129

第十六章　夜闯超市 / 141

第十七章　号角湿了 / 149

第十八章　前往女巫的小屋 / 157

第十九章　小老头儿的秘密工作 / 163

第二十章　拉娜讲故事 / 173

第二十一章　第十三位女巫 / 185

第二十二章　飞翔追击 / 193

尾　声　超市消失了 / 207

致　谢 / 211

序　幕

公园里长出了新超市

那东西是突然间出现的。就在公园的正中央,忽然就冒出了一个新鲜的土堆,有鼹鼠丘那么大。

只不过,那不是一个鼹鼠丘。

没有人看到它是怎么冒出来的。那会儿正是黑得不能再黑的夜里,狂风大作,暴雨倾盆,村民们都安安稳稳地窝在床上,开着电热毯,窗帘拉得严严实实。

就在他们睡着的时候,那个小小的土堆开始变大了。

风还在怒吼，雨还在冲刷，土堆越变越大，越升越高，直到变得有一个干草堆那么大。

闪电在空中炸开，雷声轰隆隆地滚过山谷。土堆颤动起来，顶上抖啊抖啊，突然间，支出来一根闪闪发亮的白色搪瓷旗杆！

旗杆从土里越升越高，就像一根童话里的豆蔓。升到最高点后，它停住了，开始摇晃起来，因为这旗杆还只是一个开头呢。

裂缝在公园里疯狂地蔓延，草皮鼓起，裂开，有什么真正的大家伙要从地下拱出来了。

那是一个屋顶，一个庞大的铝制屋顶！从地下拱出来的煤渣砖砌的墙，将屋顶越顶越高。泥土破开，整栋房子拔地而起，就好像一个刚刚睡醒要站起来的巨人。横梁支好了，门框自动调整好位置，一块块的平板玻璃也找到了各自的凹槽。等所有的东西各就各位后，整座房子安静了下来。

雨仍在哗哗地下着，将一切冲刷得干干净净。

随后那些厚重的乌云就飘散开了，一轮硬币般的满月

雨仍在哗哗地下着,将一切冲刷得干干净净。

明亮地照耀着,风静了下来,雨也停了。

附近的田野里,有公鸡在打鸣。这会儿已到了早上,横过山谷的黎明的天空渐渐由鱼肚白变为蓝色。很快,第一缕晨曦追逐着跑过仍在沉睡的小山村。就在那里,在那个小山坡的脚下,在公园的正中央,那个一开始比鼹鼠丘大不了多少的土堆,此刻已变成了一家崭新的超市。

一阵微风拂过,旗杆顶上有一面金褐色的旗帜正迎风招展。旗帜上只有两个字:

格林。

第一章

去超市逛逛

拉娜觉得很无聊。雨终于停了,可她也没伴可玩。

以前她哥哥哈里森总会编一些超级好玩的游戏,比如说,圆桌骑士啦,士兵和僵尸啦。可自从上了初中,哈里森就变了,变得严肃认真,即便现在他也在放假,可他整天就只知道把自己关在房间里学习。

早饭后,拉娜去敲过一次门,想问问他想不想去树屋里玩,可他一句话也没说,当着她的面就把门关上了。

过了十分钟,她又去看了一下,看他是不是改变了主意,可只见门上贴着一张大大的字条,上面写着:

> 正在写非常重要的作业,
> 请勿打扰。

这肯定是写给爸爸妈妈看的,拉娜想,他心里肯定希望我再来叫他玩呢……

这回她决定不敲门,直接进去。结果她发现哈里森坐在书桌前,埋头在面前的书堆和报告中。

"你没看见门上的字条?"他头也不抬地说道,"你想干吗呀?"

"我只是想问问你想去玩游戏吗?"

哈里森仍然没有抬头。

"你想玩什么我们就玩什么。'拳击手''海盗''警察'都行!"

哈里森叹了口气,放下笔。他摘下眼镜,捏了捏鼻梁。这个动作拉娜曾看见爸爸做过,显然,哈里森是觉得这样能让他看起来像个大人,像个有分量的人。

"拉娜,"他说,"我没时间再玩游戏了。你知道牛轭湖长什么样吗?"

拉娜并不知道。

"那是一种特殊的湖,是河流在拐弯拐得太厉害的时候形成的。总之,我正忙着了解这种湖呢。"

"那等你了解完之后?"她建议道。

哈里森皱起了眉头。"这个嘛,弄懂了牛轭湖,我还得去了解阿基米德呢。"

拉娜一脸茫然地看着哥哥。

"他是一位古希腊人,"哈里森说,"算是有史以来的第一位科学家。"

"听起来挺有意思的。"拉娜说。但很显然,那一点儿意思都没有。她拼命做出一副并没有失望的样子,可惜不太成功。

哈里森的脸色柔和了一些。他也有点怀念他们一起经历过的探险。首先一点,不管玩什么游戏,拉娜都特别投入。这世上会像他的小妹妹那样坚定地维护法律和秩序的警察不多了,也很少有僵尸会像她么执着地要摧毁人类的文明。

"对不起,"他说,"我们很快就能再在一起玩儿的,我保证。"

可拉娜不信了。

是时候采取点夸张的办法了。不管什么时候,想让自

己开心起来,拉娜都喜欢去一个地方:她妈妈放香水的梳妆台那儿。妈妈不允许拉娜玩香水,可那些写着奇奇怪怪的名字、形状又好看的瓶子有一种魔力,一种令她难以抵抗的魔力。于是,她又摸进爸爸妈妈的房间,看着那满满一抽屉的收藏,一个一个地拿起来看,最后视线落在一个细长的小瓶子上。那瓶子是用深红色的刻花玻璃做的,瓶身中间用旋涡状的金色字体写着"魔法"。她小心翼翼地拧开盖子,深深地嗅了一下。

突然间,她妈妈的声音在很近的地方传过来。"哦,谢天谢地,这雨可算是停了!"

拉娜一慌,手忙脚乱地盖上盖子,一个不小心把香水喷进了左眼。"噢!"她叫了一声,把脸埋在胳膊肘里。

妈妈的脑袋从门口探进来,她皱着眉头嗅了嗅空气。"什么味儿?是香水吗?"

"我什么味儿也没闻到。"拉娜说着,飞快地把瓶子藏到身后。她的眼睛火辣辣地疼,一滴眼泪顺着左脸滚了下来。

"你没事吧?"妈妈担心地问。

拉娜明白过来：妈妈这是以为她在难过呢。

"哈里森不跟我玩儿。"她马上哭丧着脸说道。

妈妈若有所思地点点头。"我明白，"她说，"他那是担心升学考试呢。"

"可是为什么呀？"拉娜问，"他才刚上初一，离升学考试还有八百年呢。"

"他也是想早做准备，"妈妈说着，声音里透着一丝忧心，"你知道他是个什么样的人。"

"我想他。"

"哦，拉娜，真抱歉。"妈妈张开双臂，给了拉娜一个大大的拥抱，拉娜都感觉自己的眼泪要变成真的了。

"你哥哥正在长大呢，就是这么回事。"

这时拉娜开始哭了起来，一哭就停不下来。

"我们出去吧，让你开心开心。"妈妈果断地说道，决定安抚一下女儿的情绪，"跟我去格林超市逛逛吧？"

"哪儿？"

"哦，这事可激动人心了。"妈妈热切地说道，"公园里一夜之间不知道打哪儿冒出了一座超市！早上我去散步的时候看见了。"

拉娜失望地叹了口气。"现在正放假呢,"她说,"我们放假就是要去做好玩的事,超市又不好玩。"

"走吧,"妈妈回应道,"我请客。"

拉娜的耳朵竖了起来。"那给我买什么?买本书?"她可能是没法再跟哈里森去冒什么好玩的险了,但如果能买本新书,没准儿就能读到一些关于遥远的国度和勇敢的逃亡之类的故事。

"行啊,你想要就买。那我下楼去告诉你爸爸,说我们俩要出去了。希望等你下来跟我会合的时候,我所有的香水都放回它们原来在的位置了。"

拉娜努力摆出一张无辜的脸。

"包括藏在你背后的那瓶哦。"拉娜的妈妈俏皮地笑着说道。

第二章

格林超市

要说拉娜居住的这个希尔考特村有个什么特点呢,那就是,它从来都没变过。从家里的小屋开车往山坡下走时,她看见的一切都极其熟悉。哨兵一样站在村里商店外边的,还是那个老旧的红色邮筒;眼看就要倒塌在村里小学上面的,还是那排歪歪斜斜的老房子。最后经过的是希尔考特村的村议会楼,四周围着高高的紫杉树篱。每年夏天,盖特卡姆比家族都要在这里主持村宴。

不过，等车拐到公园里，拉娜简直都不敢相信自己的眼睛了。妈妈是对的：就在那里，拉娜确定昨天还只有一片草的地方，出现了一座巨大的新超市。一条新铺的柏油路将她们带离小巷，穿过一道整洁的砖砌拱门，进入了一个巨大的停车场。停车场里还种着整整齐齐的树和灌木。

"喏，感觉怎么样？"拉娜妈妈边说边把车停进一个新标好的车位，熄了火。

"这些东西都是从哪儿来的呀？"拉娜盯着这栋闪闪发光的新房子，问道。

"不知道啊。我猜肯定是他们趁天气不好的时候盖的，就是大家都宅在家里不出门的日子。不过，他们是怎么做到没让一个人发现的……"拉娜妈妈的声音低了下去，一脸迷惑的样子，"不管怎样，我们进去逛逛？"

两人下了车，往超市入口走去。拉娜的妈妈把排在一长溜崭新的购物车里的第一辆拽了出来，嗖嗖地从自动门推进去。

等到拉娜赶上她时，她已经往购物车里放了一堆卫生纸。

第二章 格林超市

"瞧瞧这个!"她妈妈惊讶地说道,"买24卷送24卷,还是三层的!我们得趁这个机会多抢点儿。等别人都听到了风声,这地方会被挤爆的!"

"太棒了。"拉娜回应道,努力让自己显得热情一些,"可我们真的需要这么多卫生纸吗?"

"这是什么?"她妈妈又惊叹地问道,"锡纸买19盒送1盒?超值!"

"我能去找找图书吗?"拉娜问道。

"这不对吧……"她妈妈沉浸在自己的世界里,喃喃地说道,"烧烤炭买30袋送6袋?这价签不是印错了吧。"

拉娜本来想说他们家连烧烤架都没有,不过想了想最好还是别说了。趁妈妈在不停地买啊买,她悄悄地溜走了……

看起来,格林超市非常大。在漫无目的地穿过了一片

巨大的果蔬区后，拉娜发现自己陷入了一排长得没有尽头的烘焙食品中，然后终于走到了果酱和罐装食品区。这个区域是从饼干和麦片区里冒出来的，之前她还经过了冷冻即食通道，然后发现自己又回到了……果蔬区。走道两边的货架和冰柜有两个她那么高，拉娜都开始觉得没希望找到图书区了。

她想找个人问问路，可附近不仅一个顾客没见着，连工作人员也没有。收银台那儿空无一人，熟食柜台后面也没有人，药房和咖啡厅里一片寂静。有那么一次，拉娜以为看到了有人在给冰柜里加货物，结果发现却是她妈妈正在往满得要溢出来的购物车里堆放一盒一盒的冷冻比萨。

拉娜正打算放弃找书，就听到一阵奇怪的窸窸窣窣声响起，似乎是从超市那头的一条走道里传来的。

"费托斯迪克斯！"一个又尖又厉带着鼻音的声音说道，"力克提斯尼克提费托斯迪克斯！"

拉娜一时好奇，蹑手蹑脚地往前走去。就在那里，一个长相非常奇怪的男人正踮着脚，使劲儿伸长胳膊，想把一本皮面的精装大书放到高高的书架上去。他的个子和拉娜差不多高,但看着年纪要大得多——和她爷爷一样老——他穿着一套镶有漂亮金边的栗色连体工作服,一双棕色的眼睛圆鼓鼓的,鼻子和耳朵都很大,光秃秃的大脑袋上长满了疣子。

"喂,别干站在那儿,小孩!"他冲她喊道,"快来帮帮我!"

拉娜往前一跳,从男人的两边把双手放在那本书宽宽的书脊上。他的手指又长又黄。

"推!"小老头儿紧张地说道,"再用点儿力!"

拉娜把吃奶的力气都使出来了,可这本书重得出奇。她还没弄明白是怎么回事,人就往后一倒,接着发现自己躺在了地板上,那本书摊开来压在她的胸口上。

"你把它弄掉了!"他愤愤地说道。

"对不起,"拉娜说着,从书下面爬起来,"我真的尽力了。"

说话间,她瞄到了书上的一张插图。那是一个女巫,长着长长的鼻子和尖尖的下巴,站在一片盘根错节的森林里。

"不许偷看！"小老头儿大吼一声，一把将书抢了过去。他的脸和她的在同一水平高度上，拉娜都能看清他鼻尖上白色的绒毛。"我要把它放到一个高架子上去，离你这种爱管闲事的孩子远一点儿。"

看他反应这么大，拉娜一时间对这本书更好奇了。

"为什么要把它放到够不到的地方？这书里写了什么？"

"童话故事。"小老头儿答道，把书抱在胸前，仿佛很担心拉娜会把它抢走。

童话故事？这下拉娜是真的感兴趣了！"能给我看看吗？"她问道，"我今天可以买一本书，而且我就爱童话故事。"

"你不会喜欢这样的故事的，"他皱着眉看着她说，"这些都是真正的童话，几百年前的了，对你来说太吓人了。你该试试那种书。"他指着书架最底层一本看起来很乏味的图画书，"它叫《一艘努力的小拖船》，讲的是有一艘大船坏了，这艘小拖船就拼命想把大船拖上岸。可惜大船很沉，对小拖船来说太沉了。"

"然后呢?"拉娜问道。

"这个嘛,小拖船不停地拉,"小老头儿说,"最终还是成功了。"

"真好。"拉娜说着,心想尽管这故事不是很有意思,但这老头儿也太不会讲故事了。

"相信我,"他说着,把拉娜推到那本图画书面前,"看这本书你会开心一些。看啊,瞧见了吗?这么多明亮、友好又安全的图画。"

他转身从拉娜身边走开,再次踮起脚尖,举着那本红色的大童话故事书,放到了他能够到的最高的一层架子上"好了,胳膊够不着了,这样好一点儿。"随后,他一言不发地走出这条通道,消失在拐角处。

拉娜等了一会儿后,飞快地看了看周围,就伸长胳膊将那本红书从架子上拽了下来,急急忙忙去找妈妈。就冲那个小老头儿那么坚定地藏起并要她远离这本童话故事书,这些故事肯定很好看。

拉娜前脚刚走,那个男人就从拐角处往回偷看了一眼,脸上浮现出一丝笑容。

"要想让孩子读点儿什么……"他小声地自言自语,"那就得先跟她说禁止她读。"

"你去那儿拿了个什么东西?"她妈妈在收银台那里问道。收银台一个人也没有,但她已经把购物车里的东西都拿出来,在传送带上堆起了高高的一堆。

"一本童话书,"拉娜骄傲地说道,"就给我买这个吧。"

"哦,"拉娜的妈妈说着,一连打了六个喷嚏,"全是灰。"她呛了一下,又连打了十一个喷嚏,"你肯定这书是卖的吗?看着也太旧了。"

"呃……"拉娜开口道。

"有什么能帮到您?"一个熟悉的声音响起,把拉娜的妈妈吓了一跳。就在那里,在收银台旁边坐着的,就是那个小老头儿。只不过这会儿他贴了深棕色的胡子,穿着一件白领衬衫和一件栗色马甲,扎着金褐色领带,头上还戴了顶金色圆礼帽。

"你好,"拉娜妈妈说,"我女儿想买这本书,但这书上没有标价呀。"

"哦,她想买这本?"他瞪了拉娜一眼,问道,"她几岁了?"

"九岁。"拉娜大声答道。

"是年轻的九岁还是年长的九岁呢?"

"什么?"拉娜妈妈问道,"这有什么区别吗?"

"这些童话不……不适合内心幼稚的九岁的孩子看,可能适合内心成熟的九岁的孩子看。"

"明白了。"拉娜妈妈说道,她特别不喜欢有人来跟自己说这个能做,那个不能做,更不用说这人还是个陌生人了。她打开书,扫了一眼目录,"哦,没错,"她笑着说道,"我小时候可喜欢这些故事了,麻烦你,这本书我们买了。"

"好的,女士。"小老头儿说,"不过,可别说我没提醒您,这本书要 17 便士。"

拉娜妈妈一脸茫然地看着他。

"不过您可以享受折扣价,"他轻轻地笑了一下,"可以打折到 11 便士。"

等拉娜和妈妈离开超市,小老头儿又一次自顾自地咧开嘴笑了。"要想让一个大人买什么东西呢,"他喃喃地说,"那就给他算便宜点。"

第三章

听妈妈读童话

"你能读给我听吗?"那天晚上,妈妈来给她掖被子的时候,拉娜问道,"读我那本新的童话故事书?""当然可以了。"妈妈打完喷嚏后说道,"来看看都有什么故事……有《糖果屋历险记》,说的是一个小男孩和一个小女孩在森林里迷路后,发现了一座糖果屋。"

"这也太幸运了吧!"拉娜说,"我也想发现那样一座屋子。"

"啊,这个嘛,汉塞尔和格雷特也是这么想的,只不过,那屋子是个陷阱。"

"陷阱?"拉娜瞪大了眼睛。

"那屋子是一个巫婆的,这两个孩子正想吃那些糖呢,她就把他们抓了起来。他俩惊恐地发现,呃……"拉娜妈妈的声音越来越小。

"发现了什么?"拉娜问道。

"发现她想吃了他们。"妈妈飞快地说道,"这故事有点吓人,我们还是不要读《糖果屋历险记》了。这个怎么样,《侏儒怪》?"

"侏什么?"拉娜问道。

"侏儒怪。这儿,这图上画的就是他。"

拉娜妈妈把书转过去,好让拉娜也看得到。书上有一张老式图画,画中的人有点眼熟。

"这不就是超市里那个小老头儿吗?"

拉娜妈妈笑了。"唔,确实有点像呢,是不是?"

"不是像,"拉娜强调道,"这就是他。"

"当然是了,亲爱的。"她妈妈随口应道,"不管怎么说，这就是侏儒怪，他正在把稻草纺成金子。"

"那这个女孩儿是谁?"拉娜问道。

"是磨坊主的女儿。"她妈妈答道,"我印象中这个故事讲的是,她爸爸骗国王说她能把稻草纺成金子,于是,国王就把磨坊主的女儿关在了一个堆满稻草的房间里,命令她如果到第二天早上,她还没把那些稻草全纺成金子的话,呃……"她妈妈的声音又低了下去。

"他就会怎么样?"拉娜问道。

"呃……就会杀了她。"她妈妈说。

"杀了她!"

"是啊,"她妈妈开始琢磨收银台那个老头儿是不是说对了,这些故事可能压根儿不适合拉娜听,"也许今晚我们该找本别的书来读一读?找本更好的书。"

"可是,磨坊主的女儿后来怎么样了?"拉娜问道。

"这个嘛,"她妈妈不情愿地说道,"等国王一走,侏儒怪就现身了,如果女孩能把自己的项链给他,他就帮她把所有的稻草都纺成金子。女孩同意了,他就把稻草全都纺成了金子。可到了第二天早上,国王看到那些金子实在是太震惊了,他并没有放了女孩,反而把她关进了一个更大的房间,里面有更多的稻草,命令她继续把稻草纺成金子。"

"那个小老头儿又出现了吗?"

"是啊,他就又来了,又帮了她一回忙,这一回他要了一枚……戒指。对,没错,是枚戒指。"

"然后国王把女孩放了吗?"

"嗯,并没有。"她妈妈又开始觉得有点不舒服,"他把她关进了一个更大的房间,里面有堆成山的稻草,要她再纺成金子。这一次她可没有什么东西能给那个小老头儿了,于是,那个小老头儿就要她……生的第一个孩子。"她妈妈边说边翻着书,"这也不是个最好的故事。你确定不换本书吗?"

"不换,"拉娜说,"这些故事比我们平时讲的那些带劲儿多了。这个故事怎么样?"拉娜问道,指着一张图画上的一个漂亮女孩,那女孩躺在床上睡觉,周围长满了玫瑰花。

"这是《睡美人》。"她妈妈说道,"这个故事你肯定听过吧?"

拉娜摇摇头,她真没听过。

"这是我小时候最喜欢的故事之一,我觉得不吓人……反正我印象中是这样。"

"听起来很可爱啊!我们就读这个吧?"拉娜问道。

"好吧,"她妈妈说,"我觉得我们可以先读一点点,看看是不是合适。"

然后下面这些……呃,这些就是她读到的内容:

从前有一个国王和一个王后,他们很想要一个孩子。可他们盼来盼去,就是没有孩子。不久他们就失去了信心,开始投入各种爱好中去。国王办射箭比赛,王后迷上了野外游泳。

有一天,王后正在城堡的护城河里游泳,一只奇怪的红眼睛青蛙从水里跳到了岸上。

"好消息!"青蛙呱呱地喊道,"年底之前,你和国王就会有一个孩子。她的名字叫野玫瑰,和你们心里渴望的孩子一模一样。"

青蛙的话似乎是对的,因为几个月后,这对王室夫妇就有了一个最漂亮的女宝宝。

国王和王后太高兴了,他们决定举办一个宴会,向全世界炫耀野玫瑰的到来。

他们只邀请了王国里那些最重要的人,包括十三位仙女。

人人都知道,仙女只用金盘子吃饭。可是,在写请柬的时候,国王想起来他们只有十二个金盘子,没时间再去弄一个了,于是就没有全部邀请这十三位仙女,而只邀请了十二位。

很快,举办宴会的日子到了。吃完饭后,每一位仙女都上前,送给野玫瑰一样礼物。

"亲爱的野玫瑰,"第一位仙女说道,"我要赐给你……美丽。"

"野玫瑰已经有美丽了,"第二位仙女说,"那我就赐给她……智慧。"

有这么多的仙女,很快就要没东西可送了。

"你们的孩子已经拥有了美丽、智慧、魅力、优雅、谦逊、气质、非凡的领导才能、出色的手眼协调能力、对音乐的鉴赏力、令人耳目一新的从不自怜的性格，以及一头漂亮的头发，"第十二位仙女说，"所以我将赐予——"

"慢着！"一个声音隆隆地说道，大家全都转过身去，看到第十三位仙女正站在门口，一脸怒容。

"有只小鸟告诉我，说你们背着我在开宴会呢，"她嘲弄地看着国王和王后，"你们猜怎么着？这竟然是真的！"

国王想解释，但第十三位仙女什么借口也不想听。她眉头紧皱，上唇怒张，眼睛像烧红的煤块一样闪着光。她那黑色的斗篷在身后飘了起来，整个人开始上升，越升越高，直到几乎挨到了屋顶。这个场景真是太吓人了。

"你们不是想要礼物吗？！"她咆哮道，"好，这就是我的礼物——在十五岁生日那天，野玫瑰将被一只纺锤扎伤手指，然后死去！"

说完，不等人阻拦，她就变成了一只巨大的红眼睛青蛙，从窗户里跳了出去。

有那么一会儿,谁都不知道该说点什么。然后王后突然哭了起来。

"我们亲爱的女儿!"她呜呜地哭道,"你将来会怎么样啊?"

幸运的是,第十二位仙女还没有给出自己的礼物。她本想赐予野玫瑰一种能把丢了的袜子找回来的神奇能力,她也几乎只剩这种能力了,不过现在,她看到自己做点好事的机会来了。

"我想我能帮上忙,"她说,"第十三位仙女的魔力非常强,这个咒语我也没办法解除,不过我能让它柔和一点儿。在十五岁生日那天,野玫瑰确实会被一只纺锤扎伤手指,但她不会死,而只会睡上一百年……"

"谢谢你!谢谢你!"王后高兴地打断道。

"这有什么用?"国王说,"一百年啊!等她醒来,我们都已经死了!"

"我还没说完呢,"第十二位仙女说道,"当野玫瑰睡着的时候,整座宫里的人也都会睡着。"

"什么?!"国王叫道,"所有的人?"

"是的，"第十二位仙女说道，"这样等她醒的时候，你们也会跟着一起醒过来。"

"你觉得一百年后这地方还能剩下什么东西吗？"国王气急败坏地说道，"单是这块桌布就值80达克特[①]，那幅壁画值500达克特。这些东西全都会被偷走的！这宫里会被小偷占领。我醒来时身上的马裤要是还在就算我走运了。"

"啊，这个我也考虑到了，"第十二位仙女说道（平心而论，她老被打断实在是有点不耐烦了），"一旦整个城堡陷入睡眠状态，它周围就会长出一堵巨大的荆棘围墙，保护你们不被闯进来的人伤害。"

"真的吗？"国王问道，"你最多就只能做到这样了？"

"抱歉，"第十二位仙女尖锐地说道，"要是谁有更好的主意，我洗耳恭听。"

"别又得罪一位仙女，"王后对自己的丈夫说道，"诅咒有一个就够受的了。"

---

① 达克特：欧洲古代贸易货币，是欧洲从中世纪后期至20世纪期间，为流通货币使用的金币或银币。

国王哼了一声，抱起双臂，不过没再多说什么。

"非常感谢您帮助我们，"王后对第十二位仙女说道，"我们接受您的礼物，感激不尽。"

"荣幸之至。"第十二位仙女说道，仍然有点儿不高兴。

"是啊，谢谢您。"国王不情不愿地咕噜了一句，"不过我更希望先保证野玫瑰不会被扎破手指。从这一刻起，颁布皇家法令，全国所有的纺锤都不许再用，全部纺锤必须销毁！"

"纺锤是什么东西？"拉娜从书上抬起头来问道。

"差不多就是一根中间粗两头尖尖的棍子，纺纱线用的。"她妈妈说。

"纱线又是什么？"

"就是线，你懂的，做衣服用的。"

"那么，要是国王禁用了纺锤……大家不就没衣服穿了吗？"

"呃，我也不是很确定……总之，一个晚上讲这么多就够了吧。"

第三章 听妈妈读童话

"可是后来怎么样了呢?"拉娜不干了,"那法子有用吗?我是说禁用纺锤。"

"拉娜,睡吧。剩下的明天睡觉前再讲。"她妈妈说着合上书,给拉娜盖好被子,亲了亲她的脸蛋,关掉了床头的灯。

第四章

童话世界的传送门

第二天早上,拉娜很早就醒了,脑子里只有一个念头:野玫瑰。野玫瑰被第十三个仙女诅咒后,国王下令禁用纺锤,拉娜很想知道接下来又发生了什么事。

她伸手去拿书,决定自己读。可床头柜上空空的,只有她的水杯,书架上也没有那本书的影子。

一定是被妈妈拿走了,她想,妈妈肯定是觉得这本故事书太吓人,不能让我自己一个人读。

那就只有一个办法了：她要去把那本书偷回来。

她尽量放轻动作，踮着脚穿过楼梯平台，把头探进爸爸妈妈的房门。房里没人。她看了看床底下，抽屉柜顶上也看了，衣柜里的架子也翻了，就是哪儿都没找到那本书。

她正准备放弃，便看到了妈妈的梳妆台上放着的那瓶名叫魔法的香水。她真是忍不住，往手腕上滴两滴应该不会有什么问题吧？她想，她有几次看到妈妈就是这么做的。而且，这么滴上一滴，没准儿她就能忘了那个野玫瑰。

突然间，她听见爸爸的声音在走廊里响起。

"哦，天哪，瞧瞧这些价格！"

拉娜又一次手忙脚乱地想把瓶子放回去，却不小心压到了喷嘴。这回香水喷进了她的右眼，眼泪一下子就流了出来。

"噢！"她叫了一声，两手使劲儿捂住了脸。

"宝贝！"她爸爸走进房里，轻声问道，"你怎么了？"

她没办法，只能又假装难过，就像之前骗妈妈那样。

"妈妈把我的书藏起来了。"拉娜说着，抬起一双泪汪汪的眼睛看着他。或者说，是一只泪汪汪的眼睛，另一只还相当正常。

"哦，亲爱的。"爸爸说着，用双手把她抱了起来，"我敢肯定她只是把书放到安全的地方了。总之，她上班去了，今天早上我照看你。"

拉娜不禁一阵失望，这下她得等上一整天才能知道妈妈把书藏哪儿了。而且哈里森又在忙学习，眼看这又将是无聊的一天。

"没关系的，拉娜，"爸爸说着变出来一张传单，"来瞧瞧这个！我刚在门垫上看见的。"

假装揉眼睛的后果就是视线都有点模糊了，不过拉娜还是能勉强认出传单上面的字：格林超市。"瞧瞧这价格！洁厕灵买 26 送 1！取食签买 37 送 1！"想着这些折扣，爸爸的眼睛亮了起来，"要不，我们也去逛逛？没准儿你会高兴起来？"

拉娜爽快地同意了。那家奇怪的超市，还有同样奇怪的员工，是她这几个星期来遇到的最有意思的事儿了。

几分钟后，等拉娜和爸爸赶到格林超市时，停车场都差不多爆满了。这儿打折的消息似乎传得挺快。他们没能把车直接停在超市外面,只能在周围转来转去地找块空地。

"这些人肯定不全是我们村的人,"爸爸啧啧地说道,"他们就没有自己的打折超市可去吗,啊?"

正说着,一辆超载的购物车突然冲到了柏油路上,逼得他猛踩刹车。

"看路啊!"

"抱歉!"堆成山的厨房卷纸后面,一个大胡子男人喊道,"没看见您在那儿!"

"说真的,"爸爸压低声音说道,"他真的需要这么多厨房卷纸吗?"

"他可能是看着实在太便宜了,一下子没忍住?"拉娜说道,但爸爸好像没领会到这是个笑话。

这也不是他第一次领会不到了。他们在通道里挤来挤去,等着轮到自己去货架边的时候,拉娜想出了一个好玩的游戏。每次爸爸停住脚步去仔细看什么东西的价格时,拉娜就偷偷摸摸地使劲儿把甜食放进购物车里。她冒险放了两大盒巧克力牛奶、一包家庭装巧克力棒棒糖和一桶巧克力曲奇。

直到来到收银台,把东西放到传送带上时,拉娜的爸爸才终于发现她干了什么。

"这巧克力卷是从哪儿冒出来的?"他责问道,"这罐巧克力酱又是怎么回事?"

"也许是第十三位仙女放进去的。"拉娜调皮地说道。

"谁?"

"第十三位仙女。她没被邀请参加野玫瑰的宴会,所以就没吃到什么甜食。"

拉娜的爸爸眯起了眼睛。

"我明白了,跟你那本童话故事书有关吧?"

拉娜点点头,忍着没笑出声。

但爸爸并不觉得这很好笑。他从收银台旁边拿出一个购物篮,开始往里面装拉娜偷偷放进购物车的甜食。"你必须把这些东西放回去,马上就去,否则后果自负。"

后果就是不好的事呗,拉娜明白得很。

"比如说?"她问道。

"比如说睡前故事取消。"她爸爸说,似乎很了解拉娜最想要什么。

"可我还想知道野玫瑰后来怎么样了呢!"

"那你最好动作快点。"爸爸毫不松口。

就这样,拉娜拖着装满巧克力棒、巧克力蛋糕、饼干和麦片的购物篮,走在宠物食品通道的拐角处,刚好避开了一个骑着代步车的老太太。老太太突然一个拐弯,直接从小老头儿的脚指头上轧了过去。"哎哟!"小老头儿叫了一声,疼得紧紧抱住自己的脚。他又穿上了那身栗色的连体工作服,结账时贴的胡子不见了。"看路,你这只又老又蠢的蝙蝠!"

可那个老太太就跟没听见似的,沿着通道慢悠悠地骑了出去。

"别那么粗鲁!"拉娜喊道,被小老头儿的反应吓了一跳,"不管怎么说,这不是她的错——是我的错。"

"哈,"他咕哝了一声,"我早该知道。"他的嘴角浮起一丝微笑,"你是来把书送回来的是吧?我都跟你说了,那书太吓人。"

第四章 童话世界的传送门

"其实,"拉娜反驳道,"我觉得挺好看的。"

"真的吗?"他问道,仿佛很惊讶,"你从哪个故事开始看的?"

"《睡美人》。"拉娜说。

"哦,"他说着,又笑了一下,"那你看到哪儿了?"

"看到第十三位仙女下了咒语,国王要销毁所有的纺锤。"

"嗯,"他了然地点点头,"这就说得通了。这还只是铺垫阶段呢,你还没看到吓人的地方。我肯定,等你看到那儿的时候,你就会把书送回来的,错不了。"

说着,他朝玩具盒游戏通道走去。拉娜迅速把购物篮扔进旁边的一辆购物车里,追上他。

"什么吓人的地方?"

小老头儿慢慢地转过身。

"你真想知道?"

拉娜点点头。他便从连体工作服的上衣口袋里掏出一本常翻的红皮小册子,看了看,又放了回去。

"我能建议你尝尝柠檬糖吗?"

拉娜一时没明白他到底是什么意思，不过随后她就看见了一样非常特别的东西。恰好就在一堆玩具娃娃中间，放着一个个她所见过的最大的散装糖果桶。

拉娜疑惑地皱起了眉头。散装糖果是她在这个世界上最喜欢的东西之一，所以她都没法想象自己昨天居然没注意到这么一大片可以选东西的区域。但就是在这儿，一排又一排巨大的水晶透明桶，每个桶里都装满了看起来最可口的糖果。

她走近一步，着迷地掀开了手边的盖子，满满一桶梨味儿硬糖。她几乎都能感觉到那晶莹剔透的糖刮过上

第四章 童话世界的传送门

腭。她又掀开一个盖子，果味娃娃软糖。她最爱娃娃软糖了。

"找着了吗？"小老头儿咧嘴笑道。拉娜摇摇头。"在那儿呢，背面。"她想打开那个盖子，可是够不着。

"来，我抱你去拿。"

拉娜还来不及说不，他就把手伸到她的双臂下面，把她抱到了那个桶的盖子旁边。"来吧，"他费劲儿地抱着她，催促道，"打开。"

他敏捷的手都陷进她的胳肢窝了，拉娜赶紧掀开了盖子。跟别的桶不一样，这个桶几乎是空的，只有一小把柠檬硬糖粘在桶底，就像几只冬眠的甲壳虫。

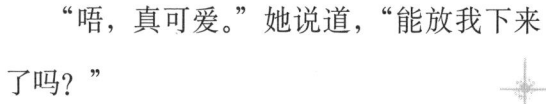

"唔，真可爱。"她说道，"能放我下来了吗？"

"尝一颗。"

拉娜往前把手探进桶里，想用手指抠下

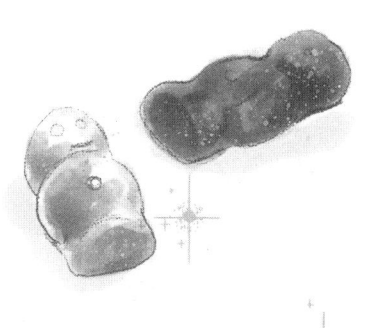

一颗糖来，可是抠不掉。突然，她往前一栽！那个小老头儿想把她推进桶里去！

"嘿！"拉娜慌忙叫道，"住手！"可已经太迟了！她赶紧伸出双手，准备掉落时撑住自己，可桶底像活板门一样往下一塌，拉娜发现自己冲了下去，掉进了一条槽壁光滑的圆柱形滑槽！她滑了一圈又一圈，直到滑槽突然间笔直向下，向下，向下，掉进了一片黑暗中。

拉娜发现自己冲了下去,掉进了一条槽壁光滑的圆柱形滑槽!

第五章

沉　睡

拉娜吓得紧闭双眼，呼呼地头朝下掉进了黑暗中，感觉自己随时都有可能撞到地上。就在她觉得下滑的速度快得不能再快的时候，滑槽突然开始变成螺旋形的了，这让她的速度一点儿一点儿地慢了下来，直到滑槽张开大嘴，把她吐到了一个巨大的、软垫子似的东西上。

拉娜就在那儿躺了几分钟，平躺在一片漆黑之中，胸口起伏，鼻子里满是怪味儿。她觉得这味道只可能是奶酪。她撑起胳膊肘，自己还没散架吧？她动了动手指头和脚指头，自我感觉一切都还好。

"喂？"她紧张地叫了一声，声音听起来平平的、闷闷的，像是待在哪个密闭的空间里。她确认自己已经不在滑槽上了，撑着身子坐了起来，接着小心翼翼地往前爬去。当！她的额头狠狠地撞上了什么东西，一扇门在她面前打开，然后一道光透了进来。太亮了，她不得不遮住眼睛。

那是一个大烛台，上面是一根根闪烁着的蜡烛！

拉娜看看四周，她似乎是掉在了一个高高的碗柜上，朝下看这像是一个很大的老式圆形厨房。而且，她整个人都被奶酪包围了。挡住她继续坠落的那个"软垫"，实际上是一块熟透的卡门培尔奶酪。

她这到底是在哪儿啊？

"喂？"拉娜喊道，"有人吗？"

没人回答。一股糕点的香甜味儿蹿到她的鼻子里，她往下一看，发现正下方有一张大桌子，桌上摆满了一盘又一盘让人口水直流的果酱馅饼。这附近一定有人，她想。

第五章 沉　睡

这些馅饼看着像刚刚出炉的。

果酱馅饼还只是个开始。拉娜四下里看看,整个厨房似乎塞满了吃的:迷迭香烤羊肉、刚出炉的撒了黄油面包碎的馅饼、馋得人直流口水的水果果冻、配树莓酱的奶油牛角面包,还有堆成山的火腿三明治,软得像枕头一样。

她把一条腿悬在架子边上,这里离地面挺高的。

"有人来帮个忙吗?"她喊道。

四周死一般的寂静。这地方不太对劲,这点她心知肚明。胳膊上有点刺痛,她卷起袖子,看到上面起鸡皮疙瘩了。

"喂?"她又喊了一声,更加警惕了。

没办法,她还是得靠自己下去。她转过身,背朝外,趴着将双腿落到那张桌子上。

至少她是打算这么做的。不幸的是,不管她怎么又踢又晃,就是够不到桌面。于是,她全身再往下探了一些,再探了一些,直到她意识到自己大半个身子都已经不在架子上了。可已经太迟了,下一刻她就重重地摔在了一堆滚烫的果酱馅饼上。

"噢！哦！啊！"她喘着气跳下桌子，火急火燎地拍掉身上黏糊糊的果酱馅饼。

这时，她的心漏跳了一拍。站在地上，她能看见厨房的一面墙上有一个很大的壁凹，背对她坐在那里的可能是一个厨师和一个厨童，只不过他们俩一动不动，刚才那么大的动静都没有吵到他们分毫。

"哦，你们好。"拉娜礼貌地说道，"我刚才没看见你们在那儿。"

那两个人仍是谁都没有动。

"我从那扇活板门上摔了下来，"拉娜又起头说道，慢慢地向前挪动，"超市里那扇。"可是，等等。这会儿她走近了，才发现这两个人都睡着了。厨师瘫坐在椅子上，厨童在炉火前面打盹儿，而且火苗好像也没有颤动。拉娜鼓起勇气走上前去，轻轻地摇了摇厨师的肩膀。

"抱歉，你能帮帮我吗？"

但厨师并没有要醒的样子，于是她又去摇那个厨童。他们俩都睡得很熟。

拉娜紧张地倒吸一口气。她这是到了什么地方？

她看到了墙上的钟,那钟也是纹丝不动的。

突然,她想起了爸爸!他还在收银台那里等着她呢。不管这是个什么地方,她都不能久留,她已经因为往购物车里放那些甜食惹了麻烦……不过话又说回来,这个地方这么吸引人,她也不能逛都不逛一下就走……

拉娜看看四周,工作台上沙漏里的沙子漏到一半就停止往下漏了,烤炉里的火焰僵住了,就像一朵巨型花的花瓣。水槽上边有什么东西在反光,她走近一步,想去看个究竟。果然,那是一滴从水龙头里滴出来的水,就那样悬在半空中,离排水孔只有十几厘米。

还有,地板上那是个什么东西?她蹑手蹑脚地走过去,惊得张大了嘴巴。那是一只棕色的小老鼠,正肚子朝天躺在那里,双眼紧闭,嘴巴张得大大的,睡得很香!

这一切真是太奇怪了!

她这是在做梦吗?

她踮着脚尖沿着一条通道走出厨房。通道两边的墙壁上有火把照明,但就跟烤炉里的那些火一样,火把上的火焰也是完全静止的。有人——也没准儿是什么东西——坐在地板上。拉娜慢慢挪过去，发现那是一个高高瘦瘦的男人，他背靠着墙壁，正在使劲儿地打着呼噜呢。在他两腿之间有一个巨大的巧克力蛋糕，上面有15根一晃不晃的蜡烛，照亮了他的脸。

难道这个地方所有的人都睡着了吗？

走廊弯弯曲曲地左拐右拐，最后来到了一个灯火通明的大厅。一张巨大的宴会桌从大厅这头延伸到那头，旁边坐满了一动不动的客人，每一个都睡得死死的：有人脑袋趴在桌子上，有人靠在旁边客人的肩膀上，还有些人蜷缩在地板上。就在那里，在那扇巨大的城堡大门前面，国王和王后背靠背瘫坐着，周围围着一群熟睡的侍臣。

拉娜还从没见过真正的国王和王后，有那么一刻，她也僵住了，像尊雕像一样一动不动。她鼓起勇气，轻手轻脚地朝他们走去。王后的脖子上有珠宝在闪耀，头发湿漉漉的，仿佛刚游过泳。国王则戴着金色的王冠，手里拿着一把拉满了弦的木弩。让拉娜感到惊讶的是，一只棕色的小鸟不知道从哪儿飞了出来，落在弩的箭尖上，把她吓了一跳。鸟儿转过脑袋，用一只亮晶晶的棕色眼睛盯着她。

看到有活的生物在这一片死寂中移动，真是太诡异了，有那么一会儿，拉娜都没有反应过来。然后，那只鸟几乎是刚一落下，就又飞起来，飞到了大厅的另一头。在那片阴影的深处有一扇门，开得刚好够宽，露出一段往上盘旋的石头楼梯。那只棕色的小鸟就在拱门上来回扑扇着翅膀，大声地叫着。

它这是在跟她说话吗？

它想要干吗？

拉娜小心翼翼地穿过大厅，果然，等她一靠近那扇半开的门，那只棕色的小鸟就扇着翅膀飞到楼梯上面，不见了。

这一切都让拉娜感到不安：那个一动不动的厨师和厨童、那些没有人吃的食物、纹丝不动的国王和王后。这的确是一个非常古怪的地方。而眼下这只鸟又想引她去看什么重要的东西呢？

她跨进了拱门,看到那只棕色的小鸟正停在较高处的一级楼梯上。一看到拉娜,它就又飞了起来,飞得更高。

拉娜就这样沿着螺旋楼梯一圈一圈地往上走,不时地瞥见那只棕色小鸟飞在前面。每次她快要靠近它时,它就又飞走,引得她在这座塔楼里越爬越高。

她爬啊爬啊,很快双脚有点儿累了。但她下决心绝不放弃,拖着沉重的步子继续往上爬,爬得两只脚都不像是自己的了。终于,就在她感觉肺都要炸了的时候,她拐过一个弯,发现那只棕色的小鸟正停在一扇橡木小门的把手上。

门是开着的,锁眼里还插着一把生锈的钥匙。

第五章 沉 睡

拉娜走近一步，那只棕色的小鸟就扇着翅膀从门口飞了进去。

里面可能会有什么呢？

拉娜已经爬得气喘吁吁，心跳加速，她登上最后一级楼梯，爬过门口，发现自己来到了一个布满灰尘的房间，整个房间只有一扇天窗带来了亮光。

房间的中央是一张床，那只棕色的小鸟正在床的上方盘旋，似乎这就是它一直想给她看的东西。

就在那里，在雪白的亚麻布床单上，在光线的笼罩中，躺着一个拉娜有生以来见过的最美的女孩。女孩睡得很熟，一只胳膊横在床上，指尖上有一滴血。

拉娜倒吸一口气，一眼就认出了这个场景。

除了那个人，这个女孩还能是谁？

野玫瑰！

她的手指已经被扎破了！可那个纺锤在哪儿？

到这时，拉娜才注意到一阵奇怪的声响——咕噜咕噜，咔啦咔啦，一遍又一遍地响着。

就在房间的另一头，半掩在黑暗中，一个女人背对着拉娜坐在那里。她面前有一个轮子，正在轮子上纺线。她披着一条带兜帽的披巾，脚边放着一堆丝线，左手拿着一只纺锤，正在缓缓地转动。那声音就是从这里传来的！

在拉娜的注视下，那只棕色的小鸟飞了过来，停在那个女人的肩膀上。

"谁在那儿？"声音细而空灵，就像吹过芦苇丛的风。

拉娜心里的千头万绪顿时都被一阵猛烈的恐惧淹没了。她感觉自己心跳加速，嚅动着嘴唇想要应一声，可却害怕得一个字也说不出来。

女人缓缓地转过身来。她的头发是白色的，皮肤却像婴儿一样光滑。她闭着眼睛，鼻子抽动着，像是想闻出拉娜的味道，而不是想看她。她笑了一下，拉娜就看见她牙齿上有一个缺口。接着，女人慢慢地睁开了眼睛。

那两只眼珠是鲜红的。

第六章

回到超市

拉娜绕着楼梯往下飞跑，先是一步两级台阶，然后变成一步三级，一步四级。她避开那些熟睡的宴会客人，飞奔过大厅，冲进了通往厨房的走廊。她从厨师和厨童的身边奔过，蹦上桌子，伸手去够碗柜最高一层的架子。可她个子不够高！她瞪大眼睛，疯狂地在房里搜寻着，看有没有什么东西能帮上忙。在那儿！那儿有满满一架子的烹饪书！她跳下桌子，抓起其中最厚的一本放到桌面上，然后又抓了一本，又抓了一本……直到垒成了一道通往碗柜顶层的台阶。

她蹿了上去，把奶酪往左扒拉，往右扒拉，往中间扒拉，顺着滑槽爬了上去，顿时高兴地发现自己又回到了那一片漆黑和寒冷之中。她一圈又一圈地爬着，慢慢地沿着螺旋状的路线上升，直到碰到了一个笔直向上的弯道。然后，就像蜘蛛爬出水管一样，她双手双脚都扒在光滑的槽壁上，开始慢慢地往上爬。

这可真是件累人的事。她流汗了，弄得手和胳膊在槽壁上打滑。很快，唯一还能撑住她不往下掉的就是她的橡胶鞋底了。一阵恐慌涌上心头，她怎么才能爬到顶呢？拉娜脑海里闪过那个老婆婆血红的眼睛，回忆起那个故事的第一章——第十三位仙女就有一双红宝石一样的眼睛。她打了个寒战。不管怎样，不管自己多没有力气，她都要爬出去，她得回家。她深吸一口气，最后使劲儿地往上一爬，决定爬到顶。

就在这时，一件不可思议的事情发生了。每一个微小的动作都让拉娜感觉自己越来越轻，轻到几乎失去了重量。很快,即便她微微地一伸腿,也能把自己往上顶出去,仿佛她已经变成了一个处于零重力状态的宇航员,一不留神,她就一头冲上了滑槽。

接着,就在她感觉速度快得要失控的时候,滑槽扭曲变形了,她又开始旋转,慢慢地、渐渐地,直到脑袋突然间撞上了一个硬硬的东西。她最后一推,就回到了超市里,脑袋从那个柠檬硬糖桶里伸了出来,就冒在那一堆散装糖果的中央。

"爸爸!"

拉娜一头扑进了爸爸怀里。见到他真是太开心了!刚才收银台没有他的身影,她最终是在出口处的长椅上找到了他。他正坐在一堆购物袋中间,焦急地打着电话。

"你来了!"他大叫一声,紧紧地搂住她,"我正在给你妈妈打电话。"

"没事了！"他对着电话说道，"她回来了！一会儿见。"他挂断电话，黑着一张脸，"拉娜，你刚才去哪儿了？我还以为把你弄丢了呢。"

"我掉进一个童话故事里去了。"

"拉娜，拜托，我现在没心情玩游戏。你这样突然闹消失，都快把我吓死了。"

"我说的是真的！那堆散装糖果中间有一扇活板门，直通野玫瑰的城堡。"

拉娜的爸爸假装绝望地摇了摇头。"好吧，想象力满分。但你最好得明白，在热闹的超市里乱跑可是不行的。"

"这又不是我的错。"拉娜反驳道。

"拉娜，行了行了，"爸爸立马说道，"我说过后果是很严重的，今晚没有睡前故事了。"

第六章 回到超市

那天余下的时间,拉娜都表现得特别好。她帮着把买回来的东西归置好,吃午饭的时候该说"请"和"谢谢"的地方她一个也没忘,整个下午都在收拾房间。她没再缠着哈里森跟她一起玩儿,晚饭还不用催就吃完了所有的青豆。睡觉前,她按照牙医的嘱咐刷了两分钟牙,还把脏衣服都放进了洗衣篮。

这么乖,当然是因为她想拼命避免自己惹来的"后果"。虽然遭遇第十三位仙女的情境非常可怕,可也激起了她熊熊如烈火的好奇心。她当真去过野玫瑰的城堡吗?唯一可以确认的办法就是再多听一点儿这个故事。

"你没事吧?"看到拉娜自己乖乖地裹好被子躺在床上,妈妈关心地问道。

"我觉得自己表现得很好,"拉娜回答说,"我很想再多听一点儿《睡美人》的故事。"

"拉娜,你很清楚,因为今天在格林超市发生的事,今晚是没有故事的。"

"求你了！"拉娜央求道，"从超市回来后，我一直都表现得这么好！"

"嗯……"妈妈说道，似乎在犹豫。

"我甚至还梳了头发，把明天早上要穿的衣服也拿出来了。"

妈妈嘴角露出一丝笑容，拉娜知道自己赢了。

"求求你了……"拉娜做了个鬼脸，把妈妈逗得忍不住笑了出来。

"好吧，我觉得这应该也没什么。"她说，"我去拿书。但你要是真的觉得很害怕，就一定要告诉我。我可不想你做噩梦。"

拉娜闭上了眼睛。一想到马上就能知道野玫瑰接下来都发生了什么，她心里就涌起一股温暖又刺激的感觉。她听见了妈妈穿过门厅的脚步声，抽屉打开的声音，接着同样的脚步声又传了回来。

听到一个很响的喷嚏后，拉娜睁开眼睛，看到妈妈正坐在自己身旁，手里拿着那本皮面的红色大故事书。

"有灰。"妈妈眼泪汪汪地解释说,"好了,我们上次讲到哪儿了?"她一边问,一边翻着书。

"纺锤,"拉娜说,"说到国王把纺锤都销毁了。"

"啊,没错。"妈妈说着,"纺锤……"然后这些……

好吧,这些就是妈妈读给她听的……

那场宴会过后,遵照国王的命令,整个王国里所有的纺锤都被销毁了。纺纱也被宣布是违法的。除去了会让野玫瑰扎伤手指的纺锤,国王和王后便不再为第十三位仙女的咒语忧心了,两人的生活恢复了正常,国王又开始射箭,王后又开始游野泳了。

就这样,在十五岁生日那天,趁仆人们都在准备生日午宴,国王和王后都在宫外追求自己的爱好,野玫瑰决定在王宫里逛逛。在花园里漫步,又在图书馆里翻了翻书之后,她看见了一段以前从没见过的螺旋形石头楼梯。

野玫瑰爬呀爬呀,绕呀绕呀,直到走到了一扇上锁的门前。锁眼里插着一把生锈的旧钥匙。她转动钥匙,发现自己走进了城堡塔楼顶上的一个小房间。

在房间的另一头,一个老婆婆背对着门坐在那里。她在忙着什么,野玫瑰看得不太清楚。

"你好?"野玫瑰说道,可老婆婆好像没有听见她的话。

"打扰了?"野玫瑰说着,伸手碰了碰老婆婆的肩膀。老婆婆一愣,仿佛吓着了,随后缓缓地转过身来。公主吃惊地发现她的眼睛竟像红宝石一样红。

"请原谅,"老婆婆说道,"我正忙着干活,没听见你进来。"

"你在干什么活儿呢?"野玫瑰问道。

"怎么,你不认识这是什么吗?"老婆婆邪气地笑着问道,一边说一边举起了一根两头尖尖的棍子,棍子上面绕着线。

野玫瑰摇了摇头。

"这是纺锤,亲爱的,来瞧瞧。"

野玫瑰着迷地瞧着。老婆婆拆开一个蚕茧,用这个纺锤把它纺成了线。

线在阳光下微微闪着光,看起来那么漂亮,野玫瑰只想把它紧紧地贴在自己的脸上。

"来，孩子，过来，坐在我身边纺线吧。"老婆婆说道。

野玫瑰坐下来后，老婆婆把纺锤递给她。可野玫瑰刚一握住纺锤，就把自己扎伤了。

"哦。"野玫瑰说道，指尖上已经渗出了一滴血。她从椅子上一歪，倒在地板上就沉沉地睡着了。

就在那一刻，国王和王后刚走进城堡的大门，还在走廊上就陷入了睡眠。侍从和仆人们也都睡着了，厨师睡着了，厨童也睡着了，厨房里的老鼠也睡着了，用人们也睡着了，所有刚刚赶来参加宴会的客人也都睡着了。

正如第十二位仙女所承诺的，一道巨大的荆棘篱笆马上在整个宫殿的四周生长起来，长得又高又密，保护着里面的每一个人。很快，树篱长得那么高，高到整个宫殿都被隐藏在其中看不见了，就连最高的塔楼也看不见了，野玫瑰就在塔楼里睡着呢。

"我看见她了。"拉娜脱口而出。

"看见谁了，亲爱的？"

"野玫瑰啊，就在今天，在超市里。"

"哦，那可太刺激了。"妈妈说着，逗她玩儿，"她跟侏儒怪在一起吗？"

"妈妈，我不是在开玩笑。我进到这个故事里去了！那儿有一扇活板门，"拉娜忍不住说道，"就在散装糖果里面。那个小老头儿把我推下去的，结果我就去了那座宫殿。人人都睡着了！爸爸以为我丢了的时候，我就在那里呢。"

"好，"妈妈果断地说道，把书合上了，"我觉得讲到这儿就够了。"

"可你这章还没讲完呢。"

"对，而且我以后也不讲了。我就知道，这些故事都太吓人了。"

"可这个故事是真的！"

"够了，拉娜，"妈妈坚定地说道，关上了灯，"这本书将永远消失。"

第七章

拉娜和哈里森

童话书被拿走是一件很让人难过的事。第二天早上吃早饭的时候，拉娜几乎一句话都没说。前天晚上她很久才睡着，因为总忍不住去想野玫瑰的事。第十三位仙女已经害过野玫瑰一次了，万一再害她一次呢？要是她想到了办法，让公主再睡上一百年也醒不过来呢？拉娜得再去城堡一次——她得去帮野玫瑰的忙，确保咒语被解除。

"高兴点儿，"爸爸一边大口吞着杏子酱吐司，一边说,"今天可是零花钱日!平常这日子你都会笑开花的。"

哈里森竖起了耳朵。他放下那本讲阿基米德的书,看看桌子四周,仿佛头一次看见大家。

"零花钱日?"他重复了一遍。

"是啊,哈里森。我们要不去新开的那家超市逛逛?"拉娜建议道,努力不动声色地说,"那里面有很多有意思的东西。"

"比如?"哈里森问道。

"糖啊,"拉娜说,"比你从前见过的糖都要多。你会喜欢的。"

"又去那家超市?"妈妈问道,在后门的门垫上蹭着鞋,她刚刚去喂鸡了。她瞥了拉娜一眼,"你不是总说超市很无聊的吗?"

"大多数超市都很无聊,"拉娜说,"但格林超市……格林超市很不一样。再说了,哈里森和我也需要地方用零花钱呀。"

"好吧,要是哈里森也去,你们俩就走路过去。超市不远,呼吸下新鲜空气也对你俩有好处。"妈妈笑着说道。

第七章 拉娜和哈里森

拉娜感觉心跳又快了起来。爸爸妈妈不去，这正是她把计划告诉哈里森的绝好机会。

时间还早得很，拉娜和哈里森赶到超市时，发现里面的灯都亮着，可一个人也没有，门也是锁着的。

"唔，"哈里森说着看看手表，又眯起眼睛看看门上的标志，"好像，还要九分钟才开门。"

"哈里森……"拉娜说道，"你见过仙女吗？"

"没有，"哈里森断然说道，"因为根本就没有什么仙女。"

"不，有的，"拉娜说，"那里面就有一个，我见过。"

"那超市里有一个仙女？"哈里森哼着鼻子问。

"呃，这么说也不太准确，不过超市里有一扇活板门，"拉娜解释道，"就在散装糖果中间。我从那个装柠檬硬糖的桶里，沿着一条滑槽滑下去了，掉进了一个城堡，准确地说，是野玫瑰的城堡。"

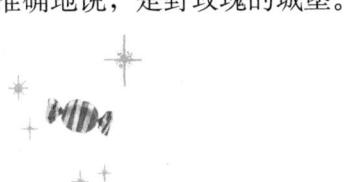

"谁的城堡?"

"野玫瑰的,就是《睡美人》那个童话故事里的公主。"

"拉娜,"他说着,一副心事重重又丝毫不关心什么童话故事里的活板门的样子,"你觉得这有可能只是你编出来的吗?"

"这是真的!你要是不信我,就来看看。"

突然,门哗啦哗啦地响了起来,兄妹俩转过身,看到那个小老头儿正在另一边跟一大串钥匙较劲儿。这次小老头儿扮成了保安,顶着一头乱蓬蓬的姜黄色鬈发,还贴着一大把浓密的胡子。

"就是这个人把我推下滑槽的。"拉娜小声地对哈里森说道,"好像这里只有他一个工作人员。"

终于,小老头儿找到了正确的钥匙,门滑开了。

"需要帮忙吗?"他问。

"应该不用。"哈里森说,"我妹妹说散装糖果中间有一扇活板门。"

"没有,我没说!"拉娜说道,快被哈里森气死了。

这事很明显是个秘密,却被他就这么说出去了。

"不,你说了,你说那条滑槽能通到野玫瑰的城堡。"

小老头儿忍不住笑了起来。

"一扇活板门!"他嚷嚷道,"说得好!你的想象力可真丰富,小姑娘。"他微微往前倾身,直直地看着拉娜的眼睛,"你究竟对野玫瑰了解多少呢?我希望你没有在读《睡美人》,因为显然那故事对你来说太可怕了。"

"不可怕!"拉娜反对道,她已经受够了老有人告诉她什么对她来说太可怕了。

"童话怎么会吓人呢?"哈里森说,"里面全是公主、舞会和'从此以后幸福快乐地生活在一起',很无聊好吧!"

"相信我,"小老头儿阴郁地说道,"童话绝不无聊。"

"反正,"哈里森说,"我已经告诉她你们这儿并没有。"

"没有什么?"他问。

"你们的散装糖果中间并没有一扇通往童话世界的活板门呀。"哈里森回答道。

"哦,当然没有!"小老头儿嘲笑道,"天哪,这主意可真不错。就像我说的,你妹妹的想象力真丰富!不过我们确实有很多流行的足球装备,你感不感兴趣?"说完他看了看四周,仿佛在检查是不是有人在监视,然后就把他们领进了超市。

又一次,他让自己露出了一丝笑容。

第八章

传送门的秘诀

哈里森从拉娜身边走过,朝超市里走去。

"等等!你去哪儿?"她问哥哥,"散装糖果区往这边走。"

"我要去看看足球装备,可没时间听你那些傻故事。"

"那是真的,哈里森!我保证!"拉娜叫道。

可哈里森已经拐弯走了。不过,拉娜可没那么容易打消念头。她径直走向散装糖果区,决心证明自己说的是真话。

在确信没人注意自己后,她从玩具区搬了一个大大的乐高塑料箱子,站在上面够到了装柠檬硬糖的那个桶。跟之前一样,桶底粘着一小把黄色的糖。可等她去推那坚硬的塑料时,那桶底结结实实的,活板门不见了。

怎么回事?让哈里森说对了,整件事都是她想象出来的吗?

"要帮忙吗?"一个熟悉的声音说道,近得把拉娜吓了一跳。小老头儿那姜黄色的假发和胡子都不见了,他又穿回了栗色的连体工作服,戴着一顶配套的金边帽子。

"那活板门呢?"拉娜问道,"还有,你为什么要跟我哥哥说我在撒谎?"

"哥哥?"小老头儿重复着,一脸迷惑的神情,"我从没见过你哥哥呀。"

拉娜感觉自己怒火中烧。"不对,就是你说的。"她指责道,"你这些伪装骗不了我。两分钟前你才见过他,当时你扮成了保安。你知道那儿有扇活板门,因为昨天就是你把我推下去的。别说你没有,因为就是你干的!"

第八章 传送门的秘诀

"好,好。"小老头儿低声说道,举起双手投降,"小点儿声。我那不是推你,只是打开那扇传送门需要一点儿力气而已。"

"我就知道!我就知道我去过那座城堡!那么,那扇……传送门哪儿去了?"

"哪儿也没去,还在那儿,只是关上了。"

拉娜眯起眼睛:"你说清楚点儿。"

"这些糖果桶每一个都有一扇传送门,但门并不总是开着的,也不是都通往同一个故事。要想知道它们什么时候会打开,通向哪里,你需要这个。"他边说边从上衣口袋里掏出那个红皮小册子,举起来。

"这是什么东西?"

"时刻表。"他答道。

"就像公交车时刻表?"拉娜问道。

"没错。让我来瞧瞧……甘草什锦糖,现在是关着的——"他看了看怀表,"十五分钟后,会通往《莴苣姑娘》的开头部分。你没准儿知道这个故事?"

"莴苣姑娘,莴苣姑娘,把你的头发放下来!"拉

娜唱道。

"没错,"小老头儿说,"尽管你唱的这是故事后面的部分了。开头讲的是一个孕妇,她唆使丈夫从一个女巫的花园里偷了些莴苣。你要是想去'把你的头发放下来'那部分,需要在星期六的凌晨三点半,从咝咝蛇糖那里走。"

"那野玫瑰呢?"拉娜问道。

"她到底怎么样了?"

"我怎么才能回到她的故事里去?"

小老头儿笑了,仿佛终于把猎物逼到了墙角。

"提醒我一下,上次你到的是哪儿?"

拉娜有一种强烈的感觉,觉得他显然知道答案,不过她还是回答了。"讲到她刺破了手指。"

"对,没错,那是野玫瑰十五岁生日,我记得。下一站,我相信,就是第一个王子的到来了。"他舔了舔两根手指留着长指甲的指尖,

翻着那本时

第八章 传送门的秘诀

刻表,"睡美人,睡美人,睡美人……啊,你可真走运。那扇传送门随时都开着。"

"那好,"拉娜说,"门在哪儿呢?"

他用那个本子指了指,引导着拉娜的目光。"你尝过多利散装糖吗?我听说今天它们特别好吃。"

拉娜扭过头去看糖果时,他就走了。

拉娜好奇地掀开多利散装糖桶的盖子,桶是半满的。一股香甜的味道扑鼻而来,馋得她直流口水。她抓起铲子挖了起来,寻找活板门。可每次她铲起一铲糖果,余下的糖果就会塌下来把铲出来的坑填满。于是,她卷起袖子,伸长右手,深深地探进去,直到指尖摸到了桶底那片光滑的塑料。她试着捅了一下,那塑料纹丝不动。

那小老头儿刚刚说了句什么话来着?"打开传送门需要一点力气。"

她伸直双手,使出吃奶的力气使劲儿推了一下最上面的那层糖果。还是什么动静都没有。不管怎样,她都要闯过去。于是,确认了过道里空无一人后,她往上一攀,跳进了糖果桶。

她本想着自己直接就能穿过传送门,可拉娜尴尬地发现,实际情况却是她被自己的体重耽误了。这下子,她脸朝下嵌在一个满是多利散装糖果的桶里,双脚还在空中踢腾。

突然,周围的一切崩塌了,她往下冲去!

她一圈又一圈地往下冲,直到滑槽又一次急转直下,猛烈的冲击让她差点喘不过气来。直到她感觉肺要炸了的时候,滑槽又开始盘旋,弯道越来越多,让她的速度缓到几乎停了下来。接着,一棵参天橡树的树洞像打哈欠一样把她吐了出来,扔在一片密实的绿苔藓上。

拉娜躺在苔藓上,重重地喘着气,打量着周围。这一次是晚上,空气里有甜蜜潮湿的味道。头顶是一轮满月,照亮了枝叶茂密的树冠。这时,拉娜感觉到了什么,她屏住了呼吸……

她听到有人在说话。

第九章

第一位王子

拉娜小心翼翼地悄声站了起来。在最远处的树林那边,有点点灯火在闪烁。

她深吸了一口气,蹑手蹑脚地摸过去。一个穿着白色皮斗篷的年轻人正在一片空地上的篝火旁站着,在他前面,高耸着一道悬崖般的荆棘围墙。

他一定是位王子!他肯定愿意帮忙去救野玫瑰吧?这一段肯定就是接下来的那部分故事了……

拉娜突然间意识到,那本书被妈妈拿走了也没什么关系,尤其是,她现在可以穿过散装糖果中间的传送门,去拜访任何一个自己喜欢的童话故事!

想想吧,她将会有多少激动人心的冒险经历呀!

拉娜高兴地走近了几步。这时,她看到王子身边还有两个上了年纪的侍臣,其中一个长了只长鼻子,另一个则长了对大耳朵。他们正在讨论荆棘围墙后面可能会有什么东西。

"我听说,"长鼻子侍臣说,"那边是一座城堡,住着一条会喷火的龙。"

拉娜皱了皱眉,心想:才不是这样呢!

"那为什么没人见过那条龙呢?"王子问。

"它在夜里才飞。"长鼻子侍臣机灵地答道。

"可现在就是夜里了呀。"王子反驳道。

"要等到半夜三更。"长鼻子侍臣改口道,"还有,不管怎么说,今天是月圆之夜,龙是从来不会在月圆之夜飞的。"

"胡说八道。"大耳朵侍臣打断他,"那边确实有座城堡，不过可没有龙，而是住着一个食人魔和他的八个妻子。"

"八个妻子？"王子问道。

"外加二十七个食人魔宝宝。"大耳朵侍臣加了一句。

拉娜再次皱起眉头。这人说的也不是真相，难道他们不知道墙那边住着野玫瑰吗？

"那可真是食人魔成堆了。"王子沉思着说道，"那他们都吃什么呢？"

"吃羊。"大耳朵侍臣张嘴就来。

拉娜摇了摇头。她要是不插手，野玫瑰可能就永远都不能得救了。

"你们俩说的都是错的。"她从阴影中走出来，大声而清楚地说道。

"谁在那儿？！"大耳朵侍臣一边喊，一边和另外两个人一起爬起身来。

"拉娜。"

"你是个什么生物，拉娜？花仙子？变形怪？"

"呃……我是个女孩。"

"女孩？"王子重复了一句，仿佛以前从来没有听说过这两个字,"那请你来告诉我,你怎么会知道这道荆棘围墙的那边有什么?"

"我去过。"拉娜说。

"真的吗?怎么去的?"

这会儿可不是老实交代"通过我们当地超市里的散装糖果桶"的时候,于是拉娜十指交叉背在背后,大声而清楚地说道:"靠魔法。"

侍臣们你看看我,我看看你。

"好吧,那告诉我们里面都有什么吧。"王子说道。侍臣们讥讽地笑着,显然不相信像拉娜这样的一个小女孩儿居然知道得比他们还多。

"里面确实有一座城堡,"拉娜走上前说道,"不过里面没有龙,也没有食人魔,而有一位睡着了的公主。实际上,城堡里满地都是睡着的人。"

"那位公主叫什么名字?"王子进一步问道。

"野玫瑰。"拉娜答道,"因为一个愤怒的仙女的诅咒,她在十五岁生日那天扎伤了手指,之后就陷入了一百年的沉睡中。但一定有办法可以拯救她和她的家人。"

第九章 第一位王子

大耳朵侍臣冷笑一声。"我看这纯属无稽之谈，殿下。"他沾沾自喜地说道。

"正相反，"王子说，"如果是诅咒的话，这些荆棘就说得通了。这大概是另一个善良一些的仙女设下来作为保护的吧？"

"是的。"拉娜说道。

"没错，殿下。"长鼻子侍臣改口道，"还有这位公主……"王子直视着拉娜的眼睛，"她是个什么样的人？"

"善良，聪明，勇敢。"拉娜说，"还有很多美好的品质。十二位仙女每人都赠送了她一份礼物……"

"哇哦，哇哦，哇哦，哇哦，"王子叫道，"十二位仙女？她家邀请了十二个仙女，而她们都来了？仙女只用金盘子吃东西，那她爸妈一定很富有了？"

"我不知道。"拉娜耸了耸肩，"她爸爸是国王，所以……"

"相信我，"王子打断拉娜的话，凑过去用只有她能听到的声音说道，"这可说明不了任何问题。我就是德雷茨马克王国的王位继承人，可我身无分文。"他转身从她身边走开,"乌尔里希爵士!"

大耳朵侍臣走上前来。

"快给第一位仙女传信,问问她有没有听说过一位名叫野玫瑰的公主。"

大耳朵侍臣拿起一支羽毛笔,写了一张短短的字条,把它系在一只信鸽的腿上,随后把鸽子高高抛向空中。这只吓坏了的鸽子在他们头顶盘旋了一圈,两圈,就从森林上空飞走了。

他们尴尬地等了好一阵子,等待回复。拉娜心底感到有些不安。王子对野玫瑰感兴趣似乎只是因为她的钱,而不是因为她是一个好人。这样肯定是不对的吧?

"得等会儿,"王子对拉娜说,"那只鸟儿得飞到那儿,引起第一个仙女的注意,然后仙女还需要写回信……"

他们又等了会儿。

"你想喝点什么吗?"王子提议道。

"不用了,谢谢。"拉娜说。

王子刻意地扫视了一遍天空。"平常要比这回得快。"

突然,一阵羽毛颤动的声音传来,鸽子落在了大耳朵侍臣的手腕上。他展开一张小字条，故意顿了一下，脸色难辨。然后他大声而清楚地宣布道："第一位仙女确实听说过野玫瑰，她还出席过野玫瑰的出生典礼，把美丽作为礼物送给了她！"

"那这是真的了！"王子大叫道，"那里面有一位受了诅咒的公主，正需要一位勇敢的王子来拯救，而这位王子无疑将从国王和王后那里得到应有的奖赏！"

拉娜很想微笑一下，可她对这位王子迫切想拯救野玫瑰的动机抱有严重的怀疑。

"殿下，"长鼻子侍臣劝道，"我不会草率地……"

"安静！"王子边说边脱下外套，"我要进去。乌尔里希爵士，把我的剑递给我。"

"可——可——可是，殿下，"大耳朵侍臣结结巴巴地说着，递上一把剑柄镶有银色宝石的精美宝剑，"您会把食人魔吵醒的！"

可王子已经大步朝着荆棘围墙走去了。

"没准儿吵醒的是龙！"长鼻子侍臣补上一句。

"胡说八道！"王子大吼一声，用那把宝剑砍向最近的一丛野玫瑰,"我唤醒的只会是那位美丽又富有的公主!"他把那丛荆棘砍得乱七八糟,但终于,在呼哧呼哧喘了好一阵子之后,他总算是砍出了一条路。被砍断的树桩往后一缩,叶子沙沙作响,像波浪一样在整堵荆棘围墙上荡开,就像有人往一池平静的水中扔下了一块砖头。接着,不可思议的事情发生了。随着巨大的树干开始转啊转啊,一条长长的隧道打开来,直通往城堡的大门。

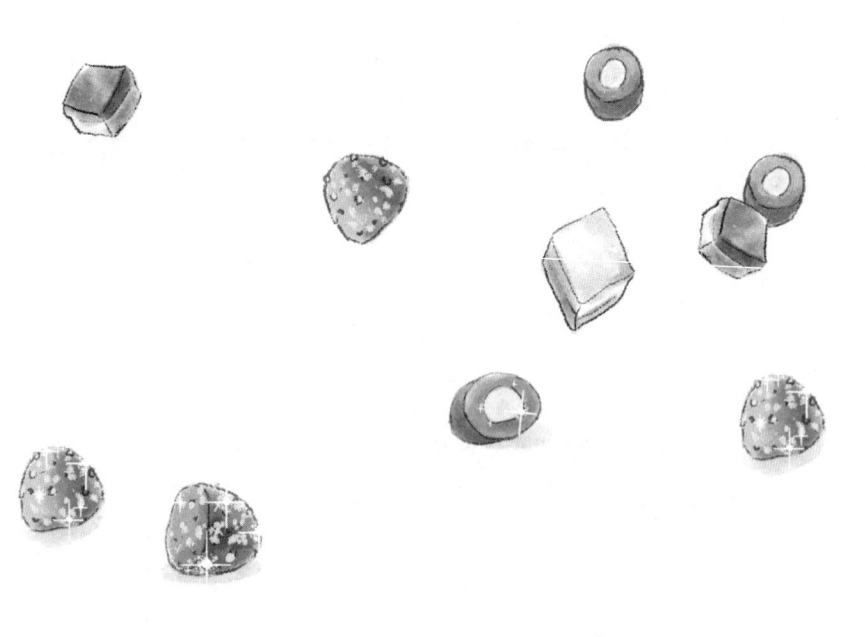

第九章 第一位王子

"哦,"王子满脸失望地说道,"我还以为没这么容易呢。"

"我有一种不好的预感。"拉娜说。

"求您了,殿下,"长鼻子侍臣恳求道,"我觉得这样做不太明智啊。"

"您肯定这样做安全吗,殿下?"大耳朵侍臣问道。

"我马上就要发财了!"王子边走进隧道边扭头说了一句,"能出什么——"

突然,荆棘围墙朝他围了过来。

"问题!"

第十章

拉娜被追捕

王子瞬间就被困在了荆棘中间,两名侍臣转身看着拉娜。

"这是她的错!"长鼻子侍臣气急败坏地说道,"是她向王子透露了公主的事!"

"抓住她!"大耳朵侍臣吼道。

这跟拉娜预想的可完全不一样!可怜的王子,拉娜希望他只是被围住了,不会有事。

而她自己得回到安全的超市里去！

拉娜拔腿就跑，迅速改变方向，避开了大耳朵侍臣，接着又从长鼻子侍臣的胯下钻了过去。

很快她就钻进了树林，在荆棘间跳来跳去，磕磕绊绊地冲进灌木丛，拼命地找那棵空心的树。

"分头追！"她听到长鼻子侍臣在喊，"她就在这附近！"

拉娜上上下下地找着，可就是找不到那棵空心树。

她的心跳加快，万一被他们抓到，他们会怎么对她呢？

"请哈里森的妹妹拉娜马上到服务台来。"

拉娜立马转过身去，那声音像是从一丛大冬青树的另一头传来的。

可当她绕过灌木丛时，她看到长鼻子侍臣正探头往那棵空心树里面瞧。大耳朵侍臣也跟他一起瞧着。于是她又后退几步，藏了起来。

"她不见了。"大耳朵侍臣说着，听上去上气不接下气的。

"嘘！"长鼻子侍臣咝咝地说道，"刚才那声音你没听见吗？从这里面传出来的。"

大耳朵侍臣耸耸肩："我什么也没听见啊。"

拉娜的脑袋嗡嗡作响。无论如何，她必须从他们身边挤过去，走进那棵树里。可怎么才能做到呢？

这时她想到了一个主意。她身边的地上有一根很长的棍子，长得足以穿过那丛冬青树。拉娜尽量悄悄地将它从中间的树枝上穿过去，这样棍子的顶端就正好搭在另一头的一根冬青树枝上。然后她就开始搅动棍子，吸引两名侍臣的注意。

"在那边！"长鼻子侍臣低声说道，"在那片灌木丛那儿！"

大耳朵侍臣转头看去，示意同伴一起去看看。随后，两人悄悄地向那根跳舞的树枝爬去。

上钩了！当这两个人从这个方向往灌木丛爬去时，她从另一个方向绕了过去。

"嘘！"长鼻子侍臣悄声说着，拔出佩剑，"我感觉就要抓住她了。"大耳朵侍臣也笑着拔出了剑。

两人大喊一声往前蹦去,刺向那根冬青树枝,这时拉娜也朝着那棵空心树扑了过去!

就快到树边的时候,她听到身后传来一声大喊。

"她要跑了!"

拉娜没有停下来回头看,她低头钻进了那棵空心树里,飞快地往上爬去。最初踩到的几个落脚点上,她只能感觉到松软腐烂的木头,接着,她就摸到了滑槽那光滑的塑料。

"抓住她的脚!"

害怕被抓住的恐惧使她突然间生出了力气,往上爬去,绕着滑槽的弯道不停地往上攀爬。跟上次不一样,这回她甚至都没有停下来喘口气,一心只想着安全地逃出去。

没过多久,滑槽就变直了,拉娜也发现自己能站直了。她弯下膝盖,拼命地往上一跳!

有那么一瞬间,她发现自己悬在了半空中。接着,慢慢地,一股神秘的力量在拉着她往上飘……

一点一点地,她开始加快速度,熟悉的旋转开始了，然后速度又慢了下来，直到她一头冲下了管道，随后……砰，她的额头撞到了什么硬硬的东西，一缕光线照进了滑槽。她最后一次往上一推，发现自己又回到了超市里，脑袋从一大桶多利散装糖果中间探了出来。

第十一章

一起进糖果桶

"哈里森!"拉娜边喊边朝哥哥跑去。

"啊,她来了!"小老头儿大声说道。他正高高地坐在服务台的桌子后面,对着一根银色弯杆上的麦克风说话。听到自己的声音响彻在超市里,他不好意思地按了一下开关。

"拉娜!"哈里森很生气,但又感觉松了口气,"你去哪儿了?我担心死了,正要给爸爸妈妈打电话呢。"

"我找到那扇活板门了。"她告诉他。

"什么东西?"

"就是散装糖果中间那扇通往童话故事的传送门。"

"又来了。"哈里森说,"你到底去哪儿了?"

"是真的,"拉娜努力喘着气,抗议道,"我又回到了野玫瑰的故事里,只是碰到了一件很可怕的事。我想让一个王子去救野玫瑰,就给他讲了野玫瑰的故事,结果他被荆棘挤扁了。"

"挤扁了?"哈里森重复了一句。

"听起来还好啦,"小老头儿说,"我告诉你,真正的童话故事里,情况可比这糟糕多了。"

"够了,拉娜。"哈里森疲倦地说,"我跟着你来这里是想对你好的,但如果你不说实话,我们就回家吧。"

"我说的就是实话!"拉娜沮丧地说道,"我保证!"

可哈里森只是翻了个白眼。"别理解错我的意思,"他说着把手放在她的肩膀上,这动作让她感觉自己只有四岁,"现在你能自己编游戏了,这很棒,但是通往童话故事的糖果桶……这就有点过头了。"

第十一章 一起进糖果桶

"哈里森!"拉娜快控制不住自己的脾气了,"这不是我编出来的!你什么时候变得这么无趣,不是你那些古板的课本上的东西就不可信了?"

"我可以提个意见吗?"小老头儿说道,他说得那么平静和理智,让哈里森和拉娜别无选择,只能停下争吵来注意听。

"我的工作就是为客户服务的,很清楚来这儿买东西的人都有些什么期望。我怀疑你哥哥要是没有看见,是一个字都不会信的。喏,之前我在仓储物流部——对你我来说就是那个堆满了架子的地方——的一个同事,留下了这么一本小册子。我得说,那是个很帅的小伙子,身高和体形都跟我差不多,挺有魅力的。"他一边说,一边从桌子后面的一个抽屉里掏出那本小小的红皮时刻表,"所以呢,我建议你们——"他翻了翻本子,"去果冻软糖那儿试试。"他说着,声音隆隆地回荡在超市里。

有那么一会儿,小老头儿盯着面前的麦克风上的按钮。他把麦克风关了又开,开了又关。

"我真得修修这玩意儿了。"他说。

"拉娜，"哈里森用自己最严肃的声音说道，"我是不会爬进那个装满果冻软糖的桶里。"

"没装满，"拉娜说，"才装了一半。来吧，你的冒险精神都到哪儿去了？"

"我没时间玩游戏，"他叹了口气，"我也已经长大了，没法再跟你一起犯傻。我就不应该来这儿，就该在家里学钢琴音阶。等学会了音阶，还要练习法语的不规则动词，练完了之后……"

"哈里森，"拉娜打断他的话，"你都不听我说话。这不是游戏，野玫瑰就睡在那座被荆棘围墙围起来的宫殿里，我真的得保证她能得救，如果可以的话，我甚至想帮她……"

"拉娜，"哈里森说着，怜悯地笑了笑，"很抱歉，这些事都不会发生。"

"来吧。"拉娜说，"还记得吗？你以前每次想玩儿什么游戏,就算我根本不喜欢也会陪着你玩儿,因为我知道你会让一切变得有趣。现在我要你相信我,就信这一次,拜托了。"她十指交叉,掌心向上,搭成了一个摇篮的样子。

哈里森缓缓地摇了摇头,仿佛就要去做一件明知道事后会后悔的事。然后他抬起右脚,放在拉娜窝成杯子状的手上。

"明智的决定。"拉娜说道,"咱们在另一头见。"

说着她往上一兜,就把他头朝下送进了糖果桶中。

"喔喔!"哈里森听到自己的回声就回荡在脑顶上,仿佛他的脑袋是在一个桶里,而事实上也正是如此。拉娜瞅了瞅过道两头。要是有人这时候来买散装糖果,瞧见哈里森的屁股和腿都支在外头,他们肯定就不会买果冻软糖了。

"拉娜!快把我弄出去!"哈里森喊道,声音闷闷的,听起来一点说服力都没有。

"来了!"她说着,使劲儿推了一下他的脚底板。

"啊——"

他消失不见了。拉娜突然又有点焦虑，万一她把哥哥推进了危险之中呢？毕竟，那儿还有两个挥舞着佩剑的侍臣和一个邪恶的仙女呢……

可已经太迟了，她瞥了一眼，确定没人注意自己，便紧随哥哥之后扑进了糖果桶。

第十二章

第二位王子

"拉娜?"

"哈里森!你没事吧?"

他们俩躺在了上次拉娜穿过来时的那片苔藓上。只不过眼下是清晨,苔藓上方笼罩着一层薄薄的雾气。森林深处,有号角在响。

"我们这是在哪儿?"哈里森问道。

"在童话故事里啊。"拉娜说,"我早就跟你说过了,那些可都是实话。"

"什么?"哈里森不信,皱起了鼻子,"我们……不可能……能吧?"

拉娜还没来得及回答"能",一头巨大的白鹿就穿过树丛,蹦蹦跳跳地径直朝他们冲了过来。拉娜想也没想就扑向哈里森,把他扑倒在地上。太及时了,因为那头白鹿咆哮着冲上了长满青苔的河岸,从他们的身上跃过去,跑进了森林。

"看见了吧?"拉娜说。

"就这样?"哈里森狐疑地说道,"一头大白鹿从我们身上跳了过去,就说明我们进入了童话世界?"

突然,就在他们的头顶上,一个速度和力量都很可怕的东西炸开了橡树的树皮。嗖!拉娜惊恐地意识到,那是一支箭。

"蹲下!"她叫道。

就在这时,第二支箭又射了过来,比第一支离他们更近!

嗖!嗖!

第十二章 第二位王子

漫天都是箭!

嗖!

第四支箭射进了树中,仍然很近。

"停下!"拉娜喊道,"别射了!我们只是两个小孩子!"

"住手!"一个声音命令道。马蹄声在地上翻滚,还有马的嘶鸣声传来。"什么人在那儿?"

两个孩子抬起头来。薄雾中隐约现出了一个又高又帅、骑着栗色骏马的男人,他穿着打猎的皮衣,头戴王冠。这肯定也是一位王子!他正在努力控制自己的马儿,这时,两名身穿盔甲的骑士从他的左右两边骑了过来,其中一名长着一对大耳朵,另一名长着一只长鼻子。

有那么一会儿,拉娜吓死了,以为这两个人就是追杀过她的那两个侍臣。不过他们似乎并没有认出她来。实际上,她仔细一看,发现这两个人要年轻得多。也许,是亲戚?

"出来,"王子命令道,"站起来!"

哈里森和拉娜乖乖照做,举起双手投降。

"这下你相信我了吧?"拉娜小声地对哈里森说。

"就这样？"他也小声说道，"他们是穿得很奇怪，可这也并不能说明我们就在童话里。"

"你们两个小孩怎么跑到森林里来的？"王子问。

"是野玫瑰。"拉娜犹豫着答道。

毕竟，上一次她把这位沉睡的公主的事告诉一位王子时，结局并不太好。

王子看起来并没有听懂。

"就是住在那座城堡里的公主。"拉娜指着那片空地解释道，"她正在那堵荆棘围墙后面沉睡。不过要小心，上一个想去救她的王子就被挤扁了。"

她看到王子的眼里闪过了一丝兴趣。

"他真的被挤扁了？你是怎么知道的？"

"当时我就在那里，看见的。不过，我觉得那个王子去救公主，仅仅是因为公主家里很有钱。"

王子暗自笑了笑，似乎知道了很多，但并不说出来。

"我明白了。我能问问你们叫什么名字吗，孩子们？"

"我叫拉娜，这是我哥哥哈里森。"

"现在的父母给孩子起的名字可真奇怪！我想去看看那

第十二章 第二位王子

堵荆棘围墙,拉娜,如果你愿意好心给我们带路的话?"

拉娜和哈里森一起,领着那位王子和他的人走出了那片树林。

眼前的景象着实让人印象深刻。一堵巨大的圆形荆棘围墙高耸入云。如果要说有什么不同的话,那就是这些野玫瑰比拉娜上一次来的时候更高了,茎秆更粗、刺也更尖利了。

"这下你相信我了吧?"拉娜小声地对哈里森说。

"好吧,"哈里森淡淡地说道,尽量不把这当一回事,"也许我们是真的进入了一个童话故事。"

"终于,"王子对他的人宣布道,"我们的追寻结束了。"

"追寻什么?"拉娜问道。

"为了解救公主,我们已经找了这座城堡好些日子,可每次骑进这片森林都会迷路。今天,就在我们停下搜寻,去追赶那头白鹿时,它直接把我们引向了你。而你——"他看着拉娜,那眼神让拉娜感觉他似乎能看透她,"你就把我们领到了这里。"

拉娜惊恐地瞪大了眼睛。"不,等一下,"她结结巴巴地说,"我刚跟你说过,上一个钻到荆棘丛里的王子被挤扁了。"

"我知道啊,"王子说,"他就是我的叔祖父,当时是和两个侍臣一起来的。"

"其中一个是我的叔祖父。"大耳朵骑士说道。

"另一个是我的叔祖父。"长鼻子骑士补充道。

"可那都是二十年前的事了,"王子说道,"你怎么可能也在?毕竟你现在还是个小女孩儿。"

"她说的是实话。"哈里森走到妹妹身边说道,"听着,我知道这件事很诡异,可是……我们是从另一个世界来的。"

"另一个世界?"王子重复道。

"一个超市。"拉娜说。

"这不是重点。"哈里森说道,看着王子迷惑不解的眼神,"重点是拉娜对你们说的每一句话都是真的。"

他们的话让王子思索了很长一段时间。

"那我很感谢你,超市拉娜。你的警告是善意的,可我不能听从。"他把缰绳递给大耳朵骑士,"因为就在我们站在这里说话的时候，那座城堡里有位公主需要我的帮助。"

"可是——"拉娜开口道。

"请把我的剑递给我，唐豪瑟爵士。"

"殿下，您确定要这样做吗？"王子查看那把磨损得很厉害的战剑的剑刃时，长鼻子骑士问道。

"您的叔祖父就死在那片荆棘中。"大耳朵骑士补上一句。

"别去了！"拉娜恳求道。

可她说了也没用。王子一刀砍断了离他最近的一棵荆棘树后，拉娜眼睁睁地看着荆棘围墙再一次抖动起来，露出一条直通城堡大门的隧道。只是这一次，那些绿叶退开之后，露出了十几具骸骨。

拉娜还没来得及阻止，王子就义无反顾地走进了隧道。

第十三章

城堡苏醒了

拉娜用手捂住脸,不想去看王子像他的叔祖父一样被荆棘丛挤扁。可她马上听到哈里森惊讶地吸了口气,而两个骑士开始大笑着鼓起掌来。

她放下双手……只见荆棘丛上已长满了美丽的红玫瑰!

"喂!"王子在隧道里叫道,"你们还在等什么?我们快去找公主。"

拉娜眼看着骑士们大步走向那条长满鲜花的隧道，平安无事地走向城堡的大门。

她看了看哈里森，哈里森耸了耸肩膀。那里确实看起来很安全，他们俩一齐往前走去，进入隧道。拉娜敬畏地凝视着，目之所及全是白菜一样大小的深红色花朵，阵阵芳香在空气里弥漫。

通往城堡的巨大木门当中，开有一个小小的入口，王子低下头，领着大家走进去。

有那么一会儿，五个人都静静地站在这个巨大的大厅的阴影中。

就在他们正前方，有一群人正在熟睡。拉娜引着王子走到手里还握着弩的国王身边，王后的头发还湿漉漉地闪着光。

"这两位就是野玫瑰的父亲和母亲。"拉娜小声地说道，"整座宫殿里所有的人都睡着了。"

"公主在哪儿？"王子问道。

"我带你去。"拉娜说。

"喂？"王子在隧道里叫道，"你们还在等什么？我们快去找公主。"

上一次爬到塔顶时,拉娜累得差点趴下,而这一次要去救野玫瑰,她太兴奋了,实际上是一路蹦到塔顶的。

走到那里时,她看到那扇橡木小门仍然是半开着的,心里不禁生出一个可怕的想法:万一那邪恶的第十三位仙女还在里面,该怎么办呢?

可她还是按下恐惧,走了进去。让她大松了一口气的是,里面并没有仙女和纺锤的影子,只有公主伸着一只胳膊躺在床上。

"公主?"王子用他最具王子风范的声音问道,可是

睡着的公主还是一动不动。

"醒醒,公主。"他说着,走近公主。

没有动静。

"公主?"他低吼了一声,可野玫瑰还是没有要醒的样子。

"唔。"王子琢磨着。他眼睛一亮,突然想到了一个主意。"也许她会怕痒。"他从自己的狩猎帽上揪下一根羽毛,轻轻地挠了挠野玫瑰的臂弯。可野玫瑰还是纹丝不动。

"咯吱咯吱,"他刺激着她,挠她的下巴,"起床啦!"可野玫瑰仍旧不为所动。

不管用了,王子把羽毛插回帽子上。

"没用,她睡得太沉了。"

"去亲亲她的脸蛋怎么样?"拉娜说,"我爸爸妈妈就是这么叫我起床的。"

"亲她,"王子重复道,他想了想,"不,我觉得这样做不对。不先问一下就亲是不对的,而我又没法先问,因为她睡了……除非,也许我能试着礼貌地亲亲她的手?"

拉娜和哈里森都说这个想法可以接受。

于是，王子俯下身，在野玫瑰伸出来的手背上亲了一下。

他刚亲完，野玫瑰的眼皮就开始颤动，接着眼睛就睁开了。

"请你一定要原谅我。"看到野玫瑰困惑地坐起来，王子急急地说道，"我叫奥托·冯·杜蕾斯伯格，是德雷茨马克王国王位的第一顺位继承人。我是来救你的。"

拉娜清了清嗓子，刻意地瞪了王子一眼，王子马上补了一句："和我的同伴一起，这是超市拉娜和哈里森。"他指着拉娜和哈里森说道，哈里森不好意思地挥了挥手。

"刚才有人亲我了吗？"野玫瑰有点生气地问道。

"是的，很抱歉，"王子紧张地笑道，"是我亲的。不过我只亲了亲你的手，我们都想不出办法叫醒你。"

"你一直在睡觉。"拉娜解释道。

"睡了很久很久了。"哈里森补充道。

"等等，"野玫瑰突然想起来，说道，"有一个老婆婆……她在纺线，然后我……"她的声音小了下去，看到

第十三章 城堡苏醒了

了自己手指上的那滴血。

"那不是一个普通的老婆婆,"拉娜吐露道,"她是第十三位仙女,也就是那个给你施咒的人。"

野玫瑰一脸茫然地看着她。

"你爸爸妈妈没有给你讲过第十三位仙女的事吗?"

野玫瑰摇摇头。

拉娜深吸一口气,把自己知道的都讲了出来。

"我还是个婴儿时就有人给我施了咒语,这事为什么没有人告诉过我?"野玫瑰难以置信地问道。

"也许他们只是不想吓着你。"拉娜说。

"我要跟我的爸爸妈妈谈谈。"

野玫瑰想站起来,可她睡了这么久,身体还很虚弱,不得不又坐了回去。

"奥托王子,"野玫瑰微笑着说,"可以请你扶我下楼吗?"

他们走进大厅的时候,看到的不再是满屋子一动不动不会说话的人,而是一片嘈杂混乱。所有的人都醒了,并且完全不知道他们曾经沉睡过。

"喂！"国王吼道，"她在哪儿？"

"不在图书馆里，陛下！"一个侍臣喊道。

"也不在厨房里！"另一个喊道。

"端回去！端回去！"看到高高瘦瘦的管家端着漂亮的生日蛋糕走过来，王后大叫道，"这要留作惊喜的！"

"陛下。"王子深深地鞠了一躬，喊道。

"嘘！"国王小声地说，"我们正在找野玫……"

国王沉默了，看着自己的女儿正挽着王子的胳膊。

"陛下，"公主宣布道，显然被众人脸上露出的惊恐表情逗乐了，"请允许我向您介绍德雷茨马克王国的奥托王子，以及他的同伴超市拉娜和哈里森。"

"什么王子，打哪儿来的？"国王挣扎着问道。

"德雷茨马克王国的奥托王子。"王子重复了一遍，扶着野玫瑰坐在旁边的椅子上，"您可能认识我的父亲国王奥托六世？"

"我只认识一个国王奥托一世。"国王愤愤地说。

"啊，对，那是我的曾曾曾曾祖父。"

国王和王后盯着他看。

第十三章 城堡苏醒了

"你们一直在沉睡,"哈里森解释道,"睡了很久很久了。"

"沉睡?"王后重复道。

"你们所有人都是,"拉娜举起那只纺锤说道,"第十三位仙女的诅咒应验了。"

侍臣和客人们不安地低声说起话来。

"什么?"国王问道,"这不可能,这些卑鄙的东西早就全都被我销毁了,这是你打哪儿弄来的?"

"您要是不相信我,"拉娜说,"就走到外面去看看吧。"

国王、王后、侍臣和客人们一个接一个地走出这座阴暗发霉的大厅,走进了那条玫瑰覆盖的隧道。

"看吧,大家,"拉娜喊道,领着他们走到阳光下,"看看你们睡着的时候有什么东西长了出来。"

荆棘围墙此刻已经变成了高耸入云的玫瑰围墙。

"那么这是真的了,"国王说着,看了看王后,"我没能确保女儿的安全。"

"你已经尽力了。"王后温柔地说,"我们俩都是。"

"为什么你们之前不告诉我?"野玫瑰问道。

117

"我们不想吓着你。"王后答道。

"可是不知道危险在哪儿,我又怎么能避得开呢?"

"亲爱的孩子,"国王说着,牵起野玫瑰的手,"你说得很对,我真是太傻了。我要怎么才能得到你的原谅呢?"

野玫瑰顿了一下,声音柔和下来:"你可以把真相告诉我,再为我举行一个盛大的生日派对。"

国王沉默了一会儿,咯咯地笑了起来。他伸出双手,抱住了野玫瑰。王后露出了灿烂的笑容。侍臣们一个接一个地鼓起掌来,为见证王室重聚而高兴,也为沉睡了一百年之后醒来感到无比欣慰。

就在这群人高兴地又笑又拍手的时候,站在玫瑰拱门上的那只棕色小鸟觉得自己已经看够了,也听够了。它兴奋地叽叽叫着,拍打着翅膀乘风飞走了。

第十四章

野玫瑰的生日派对

野玫瑰的生日派对匆匆地就过去了。幸运的是，咒语让一切东西保持了新鲜，尽管所有的东西都有一百多年的历史了。四个上菜工高高地抬着一头乳猪走了过来，后面跟着野味馅饼、烤南瓜和黄油蔬菜。接着是拉娜的老朋友——那个奶酪柜里的奶酪，然后是奶油号角、水果司康还有果酱馅饼（微微压碎了的）。最后，等到大家肚子都要撑爆了，点着一百一十五根蜡烛的生日蛋糕被推了出来。

野玫瑰吹灭了蜡烛,一个杂技团就跳了进来,演员们一人踩着另一人的肩膀,越叠越高,直到叠成了一座人塔。接着,一个壮汉走进来,用一根木轭担起了八袋面粉。最后,一队乐师奏响了欢快的吉格舞曲,大家都站起来跳舞。拉娜发现自己就像一块浮木,被一波又一波纯粹的喜悦卷走。

可是,看到国王和王后跟野玫瑰跳舞,她突然就想到了自己的父母。虽然这里很好玩,但她和哈里森还是得回家了,不然爸爸和妈妈会想念他们,会担心的。于是,她从人群中挤过去,找到哥哥。她哥哥正和奥托王子及两个骑士围成一圈跳舞呢。

音乐声实在太大了,拉娜不得不直接对着他的耳朵喊。

"我说,我觉得我们该回去了!"

"我知道。"哈里森微笑着说,"我还要跟你说对不起,因为曾经不相信你说的传送门的事。"

"哦,"拉娜说道,"没事。"

"还有,很抱歉,最近我把什么事都搞得那么严肃,"

哈里森说,"我太担心自己的学习了,都忘了有时候玩儿也很重要。"

拉娜笑了,她原来的哥哥又回来了。

"我们哪天再来,好不好?"哈里森问道。

拉娜心里涌起一阵温暖而幸福的感觉。"你想什么时候来都行。"她笑眯眯地答道。

两人向国王鞠躬,向王后行了屈膝礼,最后祝福了野玫瑰生日快乐,并拥抱了她和王子,接着又拥抱了一次,答应他们很快就会再回来,然后又拥抱了他们俩一次,祝他们好运。之后,哈里森和拉娜悄悄地出了巨大的城堡大门,穿过芬芳的红玫瑰隧道,走进夜色之中。

地上的草被露水打湿了,等他们赶到那片树林时,两人的鞋袜都湿透了。幸运的是,月亮还高高地挂在空中,照亮了他们的路。他们很快就找到了那棵有树洞的树。滑槽的头一段总是最难爬的,所以拉娜让哈里森在前面爬,以防他被卡住。

"我一直在往下溜。"哈里森在滑槽里尖叫道。

"撑住两边,"她喊道,"慢慢往上爬,爬得越高,就会越容易的。"

"哦,超市拉娜?"

拉娜从树洞里探出头来。

奥托王子站在空地里,半隐在月光投下的阴影中。

"你刚走,我就想起了有样东西要给你。"他递过来一只猎号,"即便是最机灵的精灵,也会有需要帮助的时候。如果你需要我的帮助,就吹响这个。"

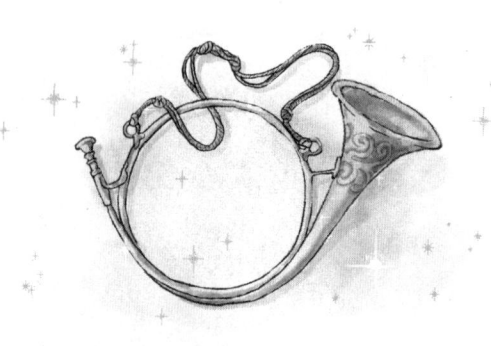

第十四章 野玫瑰的生日派对

说完,他就融进了阴影中。

然后他又走回来,给了拉娜一个拥抱,随后再次融入黑暗中。

等拉娜再反应过来时,一把铲子正戳在她的额头上。是哈里森。

"噢!"她大叫一声,挣扎着从桶里爬出来,"你在干吗啊?"

"抱歉,我只是想,该买点果冻软糖当纪念品。反正我们有零花钱,不如花了。"

当然了,一旦他们俩每人买了些果冻软糖,那再买些多利混合糖、柠檬硬糖也就不会觉得有什么不对了,拉娜的前两次"旅行"需要纪念嘛。跟着,他们还买了些巧克力糖、冷饮糖、气泡蛇软糖和煎蛋糖。

问题是,这些糖都太诱人了,收银台前排的队伍又太长,轮到他们结账的时候,之前装得满满的袋子就有一点儿……好吧,就有一点儿空了。

"唔,"小老头儿说道(毫不意外地,他又穿着背心、戴着礼帽回到了钱柜上),把兄妹俩几乎吃空了的袋子放到秤上,"你们确定就这些东西了?"

哈里森和拉娜歉疚地点点头。

"稍等一下。"他从收银台旁边拿起一部电话,拨号,"你好,这里是四号收银台,请帮我找一下保安。"

"排队的时候,我们可能吃掉了一两条气泡蛇软糖。"哈里森招供道。

"我想我还吃了一颗巧克力。"拉娜补了一句。

"好吧,我自己去找他。"小老头儿对着电话说道,"请在这里等一下。"他对哈里森和拉娜说,然后就抬起收银台的栏杆,往超市里面走去。

"很抱歉。"哈里森对排在后面的人说道。

那个小老头儿刚从他们的视线中消失,就又以保安的身份出现了,留着姜黄色的胡子,戴着一顶假发。

"我看到他们了。"他对着对讲机说道,"女士们先生们，给你们带来不便，我深感歉意。"他对队伍中的其他人说道，"这里会尽快恢复正常服务的——我是说人工服务。"说完，他抓起哈里森和拉娜的上臂，把两人拉进了超市后部的一个房间，随手关上了门。

拉娜四下里看看，打量着这个小黑屋。只见一面墙上全是屏幕，显示着超市区域的各个部分。小老头儿拿起一个遥控器，指着屏幕上的玩具通道，尤其是散装糖果区。

突然，拉娜想起了王子送给她的猎号。眼下，趁小老头儿没在看她，似乎是个把猎号藏起来的好机会。

小老头儿按下遥控器上的"回退"键，屏幕上的画面随即迅速往后倒退，直到黑白的画面上出现了哈里森和拉娜。很显然，当时他们袋子里的糖果装得都要溢出来了。小老头儿按下了暂停键。

"你多大了，哈里森？"

"十二岁。"

"十二岁，"小老头儿重复了一句，"那在这场小事故里，你就是主谋了。"他用皮包骨的关节敲了敲散装糖果区的屏幕，"这个呢，八岁？"

"九岁。"拉娜提醒他。

"好,九岁,我想法官会好心一些。但是你——"他指着哈里森,"你应该更清楚。"

"对不起,"哈里森说,"我们俩都感到很抱歉,是不是,拉娜?"

拉娜点点头。"我们保证再也不会这样做了。"她说着,摆出最最无辜的样子。

一阵久久的沉默,小老头儿仿佛在权衡几个极富吸引力的选择。

"你们都很喜欢野玫瑰的派对吧?这个传送门很有意思。只是很遗憾,那个故事里的事情并不是很顺利。"他悲哀地啧啧了两声。

"你这是什么意思?"拉娜说道,"故事到那里不是就结束了吗?从此幸福快乐地生活在一起?"

小老头儿摇摇头,又啧啧两声。"哦,天真的孩子。"

他深深地吸了一口气,又咧开嘴笑了。

"瞧瞧,我怎么把偷东西这回事给忘了?"他说道,"作为报答,哈里森,你可以保证回家后给你妹妹读一读

第十四章 野玫瑰的生日派对

剩下的故事，弄明白《睡美人》的结尾都发生了什么，好吗？不过我得提醒你，结尾可能非常吓人。"

"我认得字，你知道的。"拉娜说道。又一次被告知这个故事太可怕了，她觉得很生气，"我才不会被一个童话故事吓到。"

"我相信你认得字，"小老头儿微笑着说，"但我想让哈里森也听听。因为你们俩现在是一个团队，不是吗？我说得对不对，哈里森？"

尽管觉得这个小老头儿非常诡异，哈里森还是点了点头。

"好孩子。没错，你把故事讲完，今天这一切就可以当作没有发生过。"他打开门，请兄妹俩离开，"好了，快跑吧，孩子们，别让我再逮到你俩在这家超市里偷糖吃。"

孩子们一走，小老头儿就咧开嘴笑了。他不得不在心里承认：一切都在严格按照计划进行。

第十五章

陷入危机

那天晚上，拉娜破天荒地躺在黑暗中，完全清醒，根本睡不着。那一天发生了太多的事，哈里森说太累了，没力气读余下的故事情节，保证第二天早上一定一起看完。她翻了个身，盯着放在床头柜上的猎号，想着过去几天发生的那些诡异又奇妙的事情。那个小老头儿说得可能不对，是吧？既然第十三位仙女的咒语已经解除，那野玫瑰当然就是安全的了?

她闭上眼睛,巴望着自己能睡着。一切当然都是很好的。那个小老头儿从遇见她的那一刻起就很刻薄,现在他也只是想吓唬她而已,就是这样。

感觉自己平静了一些,拉娜闭上眼睛,慢慢失去了意识。可就在这时,她脑海里闪现出了一个画面。那是野玫瑰和奥托王子站在宫殿花园里的一道玫瑰拱门下,两人的年纪都大了一些;阳光明媚,野玫瑰穿着漂亮的白色婚纱,当这对新人亲吻时,所有的客人都跳起来疯狂地鼓掌,国王和王后也高兴地对彼此笑着。

可就在这时,奇怪的事情发生了。野玫瑰想说话,却一个字也说不出来。她的头发飘了起来,就好像整个人都沉在水下。她伸出手来,惊恐地瞪大了眼睛,仿佛在拼命呼吸。"救我,拉娜,"她用嘴型说着,"救命!"

拉娜睁开了眼睛。这个幻象是什么意思?是在说野玫瑰有危险吗?

她必须弄清楚故事接下来都发生了什么……

她的哥哥正缩在被窝里,睡得直轻轻地打鼾呢。

第十五章 陷入危机

"哈里森,"她小声地叫道,轻轻摇晃着他的肩膀,"醒醒。"

哈里森的眼皮掀了掀,又合上了。

"我做了一个很奇怪的梦,感觉野玫瑰有麻烦了。"

"去睡觉,拉娜。"

"醒醒!"拉娜坚持说道,不小心推倒了他的兵人玩具摆件,搞得兵人们哗啦啦地从他床边的架子上掉了下来,乒里乓啷好一阵响。

"拉娜!"哈里森气得小声叫道,拼命挡住那拨塑料士兵,"嘘!"

"我们得找到那本书!"

"肯定在妈妈放袜子的抽屉里,她不想让我们找到的东西都会放在那里。"

"好。"拉娜说着,蹑手蹑脚地穿过楼梯平台。

哈里森默不作声地纠结了很久。他既想接着睡觉,把童话故事和拉娜都撇到一边,又好奇野玫瑰到底发生了什么事。而且,如果事情真的像那个小老头儿说的那样吓人,拉娜得有人陪着。

于是，等拉娜悄没声地拿着那本书从爸妈的房间里走出来，往自己的房间走去的时候，他小声地把她叫了过来。

"把我的灯打开。"他说，接着打开了这本童话故事书，一页页地翻着，直到翻到了野玫瑰和王子结婚的地方，便开始大声地读出来。

而下面这些……

嗯，差不多就是他读的那部分……

过了一段日子，野玫瑰和王子陷入爱河，结婚了。王子开始把国王和王后当成自己的亲生父母一样敬爱，他们作为一家人幸福快乐地生活在城堡里。国王和王子下午练习射箭，野玫瑰就和妈妈一起在刚刚修复的护城河里享受野泳。

又过了一段时间，野玫瑰生下了一对双胞胎，一个男孩儿和一个女孩儿。两个新生命的到来让国王和王后非常高兴，他们建议举办一场盛大的宴会。但是这个想法被野玫瑰和王子礼貌地拒绝了，他们可还记着第十三

第十五章 陷入危机

位仙女和野玫瑰所遭受的诅咒呢。相反，他们给两个孩子起了简单的名字——汉塞尔和格雷特，只邀请了几个亲近的朋友，办了一个小小的聚会。

又过了更长的一段时间，野玫瑰和王子厌倦了宫殿里的浮华和各种仪式，决定放弃自己的王室职责。他们搬出城堡，住到了村子边缘一座简单的房子里，还把汉塞尔和格雷特送到了村里的学校去上学。野玫瑰亲手设计制作了一系列泳装，大受欢迎；王子则开了一家狩猎商店，制作高级的弓和箭，很受国王的喜欢，国王成了他最好的顾客。

可他们的问题还远未结束。他们所不知道的是，第十三位仙女此刻就住在一片大森林中央的一座小木屋里。施了那么多年邪恶的咒语，她已经被其他的仙女驱逐，变成了一个真正的女巫。她的魔法比从前更强大了，曾经陪伴她的那只棕色的小鸟现在已成了她的魔宠。

你可能知道，魔宠就是一种充当女巫的眼睛和耳朵，帮助她施展魔法的动物。一天，女巫正在照料花园，这只鸟儿落在附近的一棵树上，唱起歌来。

"特拉拉，特拉拉哩。大家都看得见她的美丽！"小鸟儿唱着。

"谁？"女巫问道，可是小鸟没有回答她就飞走了。

第二天，女巫正在播撒莴苣的种子，那只小鸟又出现了。"特拉哩，特拉拉。王子来自一个遥远的国家。"

"什么王子？"女巫问道，可小鸟又一次飞走了。

第三天，女巫决定逗一逗小鸟。当它开始唱歌的时候，她便假装没有听到，继续照料着花园。

"特拉龙，特拉哩嘶，王子用一个吻唤醒了她。"小鸟唱道，可女巫并没有理它。

"特拉哩，特拉啰咿，她生了两个孩子，一个男孩和一个女孩。"小鸟唱着，又蹦得近了一些，可女巫仍然一句话也不说。

"特拉哩，特拉龙，两个孩子美得就像太阳和月亮。"小鸟唱着，蹦到了女巫正在挥动的锄头柄上。

女巫闪电般地揪住了小鸟的翅膀。"告诉我你在说谁。"见它无助地拍打着翅膀，她威胁道，"否则我就一根一根地拔光你的羽毛。"

第十五章 陷入危机

"不要伤害我,主人,求求您。"小鸟恩求道,"我会把我知道的一切都告诉您。"

"我听着呢。"女巫说。

"野玫瑰,那位您曾经施过咒语的公主,已经醒过来了。她嫁给了德雷茨马克国王奥托六世的儿子奥托王子,并打算从此与他幸福快乐地生活在一起。"

女巫大笑起来,仿佛这是她听过的最好笑的事。

"她真是这么打算的?"她咯咯地笑着。

"求求您,求求您,放了我吧。"小鸟恩求道,"我再也不敢惹您了。"

"很好,"女巫说道,"不过,你得先帮我干个活儿。"

不久后,王子的父亲、国王奥托六世正在卧室的镜子前照来照去的时候,那只小鸟轻轻地敲了敲窗户。

"求求您,求求您,快点,"它叽叽地叫道,"树林里有人被抢劫了。"

这位国王是个好人,没有浪费时间就跑去救人。他赶到树林里,发现几个强盗想抢一位美丽少女的东西。于是他赶跑了盗贼,将这个少女抱上马背,带回了城堡。

他把清凉的水递给她喝，还用金盘子盛来面包和蜂蜜给她吃。

"终于，"少女满意地说，"有国王明白如何招待一位姑娘了。"

国王当然马上就与她坠入了爱河，第二天两人就结婚了。

然而，这位少女实际上是女巫伪装的，当国王去迎接来参加婚礼的客人时，这位新王后偷偷地摸进了他的卧室。她拿起国王的笔，精确地模仿他的字迹，写了一张便条：

亲爱的儿媳：

　　我非常想见一见你以及我的孙子孙女，也很想让你们大家来见一见我的新娘。请在方便的时候，尽快来见我。

　　　　　　　　　　　你忠实的

　　　　德雷茨马克国王奥托六世

这位王后还在信上盖上了王室的印章，以确保这封

第十五章 陷入危机

信看起来就是国王本人所写的。然后,她派信使将这张便条送去给野玫瑰。

便条送到的时候,王子正好外出打猎去了。野玫瑰受到邀请,非常激动,决定独自带上孩子们出门。她给丈夫留了封信,以便他回来后知道去追上他们。

这趟旅程漫长而艰辛。等她带着两个孩子赶到城堡时,野玫瑰惊讶地发现城堡里空空荡荡的,只有新王后一个人。

"野玫瑰,"王后亲切地说道,"非常感谢你能来。"

"我们认识吗?"野玫瑰问道,她感觉王后有点面熟。

"我们曾经见过两面,"王后回答说,"在你还小的时候。一次是在你的出生典礼上,一次是在你的一次生日派对上。我曾是你父亲的一个朋友,现在则是你的婆婆。"

野玫瑰微微皱起了眉头,她感觉有点不太对劲,却又不确定到底是哪儿不对劲……

"国王呢?"

"他去我们乡下的房子里做准备去了,我带你去找他。"

"太好了!"野玫瑰说,"那我们什么时候去?"

"现在就去。"王后说。

"真的吗?"野玫瑰担心地说,"可我和孩子们走了这么远,都很累了。"

"恐怕得马上就走,"王后回答说,"这样我们才能在天黑前赶到那里。"

于是不再耽搁,王后和野玫瑰沿着森林里的小路出发了,身后跟着汉塞尔和格雷特。终于,在骑马走了好几个小时后,他们遇到了一条很宽的河。

"来吧,"王后说,"这水流太急,我们得坐船过河。"她扶着他们上了船,自己拿起桨。"看到河水流得多快了吗?"划到河中央水流最急的地方时,她喊道,"有人说,要是你往水里看,就能看见自己的未来。"

"我看见了火。"汉塞尔往船外看去,看见了太阳的倒影。

"我看见了泥。"格雷特说着往深处看去,看见了河底。

"我只看到了水。"野玫瑰说着,往河面倾身。一瞬间,快如闪电般的,王后一把就将她推进了河里!

当然了,野玫瑰是个游泳高手,有很多在野外游泳的经验,尽管水流很急,她还是勇敢地在与之搏斗。

"救命!"她结结巴巴地叫着,"我要淹死了!"

"愚蠢的女人!"王后嘲笑道,"是我啊,第十三位仙女,也是眼下整个王国最强大的女巫。"她说着,头发变成了白色,眼睛也变红了。

"救救我们,妈妈!"汉塞尔和格雷特喊道。

"伪善的野玫瑰这下可救不了你们了!"女巫一边残忍地笑着,一边叫道,"没人能救你们!"

第十六章

夜闯超市

哈里森抬头看着拉娜。勇敢的野玫瑰就要淹死了,可怜的汉塞尔和格雷特落入了女巫的魔爪!

"我知道汉塞尔和格雷特的故事,"拉娜一脸凝重地说道,"妈妈给我讲过。"

"发生什么事了?"

"女巫想吃掉他们。"

哈里森缓缓地点了点头。"那她会吗?"

"我不知道！但是野玫瑰有危险，汉塞尔和格雷特也一样。"拉娜深吸一口气，"我们得穿过传送门，去救他们。"

拉娜悄没声地摸回自己的房间，开始穿衣服。她知道哈里森也正在穿衣服。穿好后她拿起王子给她的猎号，挂在脖子上。

"我们怎么办？"悄悄摸进超市停车场的时候，哈里森谨慎地问道。空气潮湿阴冷，在他们前方，格林超市正笼罩在雾气中。

"很简单，"拉娜答道，举起那只猎号，"我们回到故事里，然后吹响这个。王子就会赶来救他们的。"

"好吧，"哈里森应道，不是很放心，"那万一他没听见，怎么办？"

"他会听见的。"拉娜自信地答道。她摇了摇玻璃门，门锁得牢牢的。

"万一没有呢？"

突然，黑暗中射来两束巨大的光，扫过停车场。一辆卡车开了过来。

"快！"拉娜的嗓音都有些刺耳，"这边！我们去后面试试。"

她猫下腰，沿着超市前面一路跑着，拐了个弯。可超市后面围着高高的围栏，围栏顶部还装有一圈圈带刺的铁丝。

"那边！"哈里森小声地说道，"瞧，那儿有个缺口。"

有两根金属栏杆凹了进去，形成了一个缺口，刚好能容一个人挤过去。至少，拉娜是可以挤过去的。然而哈里森过来试了试，发现自己过不去。在他们前面，卡车的灯光在装货区投下一条弧线。

"现在怎么办？"拉娜急切地说道。

"杠杆原理。"哈里森喊道，指着拉娜那边的栏杆旁边一堆生锈的铁器，"把那根杆子递给我。"

"我拎不起来，太重了！"

"那就拖过来。"

拉娜以最快的速度将那根杆子拖到了栏杆的缺口处，哈里森把它拉了过来。在装货区的另一边，卡车停在了一扇安全门前。

哈里森使出全身的力气，像举重运动员那样将杆子举了起来，一头塞进缺口中，往下一压。有那么几秒钟，什么动静也没有。接着传来一阵东西被掰弯的声音，缺口被扩大了！

"给我一根足够长的杠杆，"哈里森小声地说着，跟拉娜在另一边会合，"我就能撬动整个地球。"

拉娜用一种"我完全不知道你在说什么"的眼神看着他。

"这是阿基米德说的。"哈里森解释道。

她这才想起来，他不带她玩儿的这段时间可一直都在研究阿基米德。拉娜感到一阵内疚，也许她不应该对哈里森努力学习的事那么不安……

她正要把这话说给他听，那辆卡车就发动引擎，穿过敞开的安全门，开进了院子。

随着一声刺耳的刹车声，卡车摇晃着停了下来，从驾驶室里跳下来一个熟悉的身影。小老头儿一把拉开装货区的门，打开了灯。这一次他穿得像个卡车司机，一身栗色的连体工作服，戴着鸭舌帽，留了紫色的山羊胡子。把装

从驾驶室里跳下来一个熟悉的身影。

货区的门打开后,他小跑着回到驾驶室,爬上驾驶座,发动引擎。

"快!"哈里森催道,"趁这会儿,我们进去!"

他们跑了起来,卡车开始哔哔哔地倒车。哈里森和拉娜在卡车旁边探头探脑的,赶在卡车进去之前,冲了进去。

一开始,他们只看见一辆黄色的铲车和一摞一摞的超市货物,都裹着厚厚的塑料包装,堆放在木托盘上。两人跑到一堆货物后面时,卡车咝咝地响着停了下来,小老头儿又从驾驶室里爬了下来。

"那边!"哈里森小声地说道,他看见了一扇门。

几秒钟后,兄妹俩已经到了另一边,使劲儿喘着气。他们发现自己正站在一条长廊上,长廊两边的墙都是紫色的,墙上有很多扇金色的门。哈里森试着推开一扇,是个厕所。他又推开另一扇,是个扫把间。接着拉娜推开了一扇,嗬,正是超市里面。

两人默不作声地跑向散装糖果区。

"我们怎么才能知道该从哪个桶里穿过去?"哈里

森问。

"问得好。"拉娜说,"我们需要一份时刻表,你在这儿等着。"

过了一小会儿,她就回来了。

"弄到了,"她得意地说,"他在服务台放了一份,记得吗?好了……《睡美人》《睡美人》《睡美人》……"

"《婚礼》,不是,《女巫和小鸟》,不是……有了!《野玫瑰掉进河里》。我们来看看,今天是星期五……"

"星期六,"哈里森纠正道,"凌晨三点半。"

"星期六凌晨三点半……"拉娜重复道,"那么我们得穿过……"她皱着眉头扫视着那一长串时间表,"薄荷帝国糖!"

话音刚落,她就掀开了薄荷帝国糖桶的盖子,准备好又一次去冒险了!

第十七章

号角湿了

一会儿,拉娜头朝下冲下了滑槽,后面跟着半桶薄荷帝国糖,再后面紧跟着的是哈里森。这一路似乎比前几次加起来都要长,他们不停地往上,往下,往左,往右,然后螺旋形状地绕来绕去,直到最后坠入了快速流动的冰冷的水中!

拉娜刚喘了口气,就发现自己头朝下翻了个跟头。水冲刷进她的耳朵,她都分不清哪头是上、哪头是下了。她得弄明白哪儿才是水面,而且要快,要在她憋不住气之前!她开始慌了,不过就在这时,她看见了阳光正在身下微微地闪烁着。她肺都要憋炸了,使出全身力气,在水里转过身,拼命地朝着光游去……

她的脑袋一冒出水面,马上就狠狠地吸了一口气。

"拉娜!快!抓住这个!"哈里森叫道。听到他的声音,拉娜松了口气,转过身正好看见哥哥游过来,伸长胳膊抓着一根木头。两人的手紧紧抓在一起,突然,他们急速地冲过了一片急流。

这条河宽得让人难以想象,两岸是一片广袤的白桦林,朝四面八方延伸开去,望不到尽头。苍白的阳光透过云层照射下来,凛冽的风把瓦灰色的河水吹成一波波白色的泡沫。

"踢水!我们得朝岸边游过去!"哈里森叫道。拉娜乖乖照做,一点一点地,木头开始转向岸边,仿佛一艘驶向港口的邮轮。很快,他们的脚触到了河底,两人奋力爬上铺满鹅卵石的河岸,努力地喘着气。

"谢谢,"拉娜说,"要不是你,我可能就淹死了。"

可哈里森并没在听她说话。"我不明白,"他说,"那艘船去哪儿了?"

他说得对:河面上空空如也。

"哈里森,看,有烟!"

没错,远处有烟,就在森林与天空相接的地方,飘荡着一缕蓝色的烟。

"哦,哦,"哈里森回应道,"那里一定就是女巫住的地方了。"

"这么说……"拉娜犹豫了一下,不想大声说出来。

"野玫瑰淹死了,女巫抓走了汉塞尔和格雷特。"哈里森替她说完。

"没错。"拉娜说着,伸手去取挂在脖子上的猎号,真庆幸刚才它没有遗失在急流中,"我要召唤王子!"

她郑重地将猎号举到嘴边,深吸一口气,吹了起来!

可是只发出了一阵奇怪的噗噜噗噜声。

"可能是泡湿了?"哈里森提醒她。

拉娜皱了皱眉头。她把猎号倒扣过来,果然,一股河水流了出来。

"摇一摇。"

拉娜按照哈里森的话做，然后又吹了一次，但还是什么动静都没有。

"给我试试。"哈里森说，可他也一样没成功。"是弯曲的地方，"他宣布道，把猎号的喇叭口对准眼睛，像看望远镜那样看了一下，"里面全是水。"他把猎号递给拉娜，"我们得把它弄干。"

拉娜点点头："可怎么弄干？"

哈里森耸耸肩："我不知道，现在我们也没时间去想这个问题了，我们得赶去女巫的房子里救出汉塞尔和格雷特。"

"可我们怎么过河呢？"河面像高速路一样宽，水流急得就像快车道上的汽车。

"也许哪儿有座桥？"

"也许吧。"哈里森说，"可这地方看起来荒无人烟。"这是真的，哪儿都没有人类生活的迹象，只有岸边的芦苇在沙沙作响，还有头顶广阔的灰色天空和周围广袤的、寂静的森林。

第十七章 号角湿了

哈里森抹开脸上湿漉漉的头发,绽开了一个大大的笑容。"牛轭湖。"

"什么?"

"还记得吗?我为地理课研究过牛轭湖?我们要逆流而上,越往上,河道就会越窄。只要我们能走到足够窄的地方,就能过河了。"

拉娜点点头。杠杆原理、学游泳、牛轭湖……哥哥做的所有这些功课、学习和训练都派上了用场。

"但如果你讲的那个故事里女巫真的会吃孩子,那我们可得抓紧时间了。"

拉娜倒吸了一口冷气,真希望这不是真的。

拉娜和哈里森以最快的速度沿着河岸跑了起来,在水边的大石头中间找着路。

当然了,这要是在平时,拉娜只穿着牛仔裤和自己最喜欢的独角兽T恤,以及粉色的匡威鞋,就掉进了冰冷的河水中,那她肯定要洗个热水澡,看个十集什么剧,再换上一身衣服才能稍稍平静下来。可现在,她满脑子只想着要及时赶到那缕烟冒出来的地方,去救汉塞尔和格雷特。

"等等,"哈里森气喘吁吁地拉住她停下来,"那是什么?"

"在哪儿?"

"前面,水里。"

拉娜顺着他手指的方向看过去,可只看见了被风卷起的水浪。突然,就在河的中央,有一个白色的东西闪了一下。

"一块石头?"拉娜说道。

"它在动。"

他说得对。有什么东西正在过河,速度还很快。等它到达了水浅的地方,两条乌黑的腿直立起来后,它扬起翅膀,拱起脖子,从水里朝他们冲了过来。

"那是只天鹅!它冲我们来了!"哈里森喊道,"快跑!"

两人立刻转身,准备沿着来时的路再跑回去,可就在这时,一件不可思议的事情发生了。那只天鹅对他们喊道:

"拉娜!哈里森!"

第十七章 号角湿了

两人刚抬起的脚就停了下来。在童话里读到会说话的动物是一回事,大白天地听到一只动物在用人话冲你喊,就是另一回事了。那只天鹅以为他们俩没有听见,使劲儿直起身子,用翅膀拍打着水面,溅起阵阵水花。

"别怕!是我,野玫瑰啊!"那只巨大的天鹅说道。现在它离得也更近了,拉娜看到这只鸟比一个成年人还要高,翅膀也非常庞大。

"嘿!"拉娜叫道,有点被吓着了。看到朋友没事,她很高兴,但她不确定指出野玫瑰现在是只天鹅了,或者问问到底发生了什么事,会不会显得没有礼貌。

"很高兴又见到你了。"哈里森叫道,无法掩饰脸上困惑的表情。

"我也很高兴,但是请你们快点儿!"天鹅叫着,用翅膀的弯曲处示意,"我驮你们过河!"

"要是我们中了你的计该怎么办?"哈里森平静地说道,"万一你是那个女巫伪装的呢?"

可天鹅走得很近了,近到拉娜能看进它的眼睛里去。"它不是女巫,"她自信地说,"就是野玫瑰。"说完她扑腾着往前,伸出双手抱住了天鹅的脖子。野玫瑰闭上了眼睛,把自己的脑袋贴在拉娜的头上。一个孩子和一只天鹅就这样站了一会儿。

"亲爱的拉娜,"野玫瑰说道,"我就知道可以依靠你。"

它朝哈里森点点头:"你们俩,爬到我背上来,快,不能再浪费时间了。"

第十八章

前往女巫的小屋

站在河岸上看去,整条河既宽阔又狂野。走近了看,河面是无法想象的宽广,充满了潜在的危险。可过河的任务对于野玫瑰来说丝毫不在话下,它就像只汽船一样在湍急的河水中疾驰,巨大的翅膀和优雅的脖颈为两个孩子挡住了水花,硕大的脚蹼则在急流下拍打着。

靠近对面的河岸时,他们看到了一座弯弯的木码头。女巫的船就漂在码头边。

还没等他们反应过来，天鹅就已经游到了浅水区，用喙把他们从自己背上推了下来。

"我们到了。"野玫瑰催促道，"那道防波堤后面有条小溪，沿着小溪走，你们就能走到女巫的小屋那里。"

"你不跟我们一起去吗？"拉娜问道。

野玫瑰摇摇头："我离不了水。"

"为什么？"哈里森问道。

"女巫的魔法禁止我离开。我试过很多次，每次一踏上干爽的陆地，我就会发现自己又回到了河底，又要淹死了。然后我就游出河面，一切就又会重来一遍。我被困住了。"

"可女巫为什么要施这么可怕的咒语？"拉娜问。

野玫瑰耸耸肩："我也不知道，可能是为了惩罚我吧。快走吧，现在最重要的是，你们一定要及时找到汉塞尔和格雷特。"

"我们会找到他们的。"拉娜说着，最后一次拥抱这只天鹅，"等这只猎号干了，我就会吹响它，那样王子就会赶来，你们一家子就又可以团聚了。"

第十八章 前往女巫的小屋

"你保证?"野玫瑰问道。

"我保证。"哈里森说着也拥抱了天鹅。然后,他和拉娜蹚着水走出浅水区,往岸上爬去,拽着一把把野草登上了岸。兄妹俩顺着小溪匆匆往前赶路,拉娜走在前面,哈里森跟在后面。小溪穿过一片布满石头的草甸,随后流入了白桦林斑驳的阴影中。

两人默默地跑着,水边的草甸渐渐被蕨类植物取代,接着又变成了光秃秃的泥地。

"对不起,"拉娜扭过头去说,"我总说你那么努力学习很无聊。"

"没事。"

"幸亏你懂得那些杠杆原理什么的。"

"谢谢。"哈里森喘着气说,森林的地面变得陡峭起来,小溪弯弯曲曲地往前延伸开去,"我也要对你说对不起,我之前不仅不再跟你玩儿,还说这些事都是你编出来的。等回到家,一切都会不一样的,我保证。"

他以为拉娜会扭过头来对他笑一下,但她没有,而是停下了脚步。

"怎么了？"哈里森问道。

"那条小溪，不见了。"

就在他们前面几米远的地方，潺潺的溪水沉进了两块长满青苔的灰色大石头之中，然后就不见了。这下他们该往哪儿走？

"要不我们爬上树，看看能不能瞧见那座木屋？"哈里森问道，使劲儿喘着气。

"怎么爬？"拉娜问，"这里也没有低一点的树枝。"

还真是这样。放眼望去，周围全是耸立在他们头顶的细长的白色树干，支撑起一片闪闪发光的绿叶树冠。就算他们俩叠罗汉一样站起来，也够不着任何一根树枝。

"真诡异。"哈里森说。

"什么意思？"

"你听，没有鸟叫。"

"等等，"拉娜竖起一根手指在唇边，"我听见水声了！"她拔腿就跑，往山坡上蹦去。哈里森别无选择，只能跟上去。等他爬上一块露出地面的岩石时，他看到拉娜正自豪地站在一片小瀑布顶上。

第十八章 前往女巫的小屋

"这边!"她叫着,然后就不见了。

哈里森深吸一口气,急忙爬过瀑布,来到了一片高原上。拉娜正背对着他,站在高原最远处的边上往外看。她打手势示意他别出声,于是他蹑手蹑脚地站到了她身边。

在他们下面,有一架巨型木头水车,那巨大的木头轮子正在溪水中缓缓转动。水车的旁边是一座看起来要散架的房子,房子周围满是各种形状和大小的游乐设施:色彩鲜艳的旋转木马、前后摇摆的船形秋千,还有一辆在"8"字形轨道上来来回回行驶的蒸汽火车,都是由一个带有活塞、皮带和滑轮组成的古怪系统驱动的。

更古怪的是,拉娜和哈里森听到了人的声音,是孩子的声音,孩子们在笑。

第十九章

小老头儿的秘密工作

"格雷特,站住!站住!"

"别那么孩子气,汉塞尔!"

汉塞尔和格雷特的声音在小山谷中回荡,接着又变成了一阵咯咯的笑声。两人似乎正从房子后面高高的地方走来。

拉娜和哈里森你看看我,我看看你。这是什么把戏?女巫呢?

"格雷特,快看!"

"我不能看,我已经闭上眼睛了。"

拉娜和哈里森以最快的速度猫着腰跑到了小屋的门廊前,顺着前面的院墙,躲到了一扇开着的窗户下面,以防女巫在屋里。然后,他俩沿着侧墙跑到房子后面,偷偷往花园里看去。

真是神奇。花园里种满了清香扑鼻的迷迭香和薰衣草,一排排整齐的生菜,看着都让人流口水,还有一颗颗圣女果和蚕豆从鲜绿的藤蔓上垂下。苹果树环绕的一小片圆形绿草坪的中央,有两个孩子正在玩跷跷板。

"再高点,再高点!"格雷特喊道。

"我在用力呢!"汉塞尔吼道。

拉娜忍不住笑了。野玫瑰的孩子们很安全!她抬头看了房子一眼。看窗户不像有人住的样子,侧门也是关着的。她捅了捅哈里森,两人就穿过平台往那片苹果树走去,然后蹲下身子躲在一个木桶后面。

"汉塞尔!格雷特!"拉娜喊道,她只敢喊这么大声了。

第十九章 小老头儿的秘密工作

可汉塞尔和格雷特忙着玩游戏,根本没注意到。

"快点啊,你这个胆小鬼!"格雷特骂道。

"我才不是胆小鬼!"汉塞尔大喊。

"嘿!"拉娜小声地喊道。可在苹果树的那一头,跷跷板还在不停地上上下下。

"你就是!"格雷特嘲笑道。

"我不是!"

拉娜再小心地看了房子一眼,领着哈里森走到最近的苹果树下,来到了草坪上。

一来到开阔的地方,就能很明显地看出有些东西不对劲了。少了树叶的遮盖,拉娜看出这两个汉塞尔和格雷特根本就不是野玫瑰的孩子……而是两个彩绘的木雕!

左耳垂被尖利的手指捏住,拉娜感到了一阵刺痛。

"抓住你了!"一个熟悉的声音冷笑道。拉娜扭动着想要挣脱,这才意识到抓住她的人正是那个小老头儿!他又穿回了栗色的超市连体工作服,另一只手还捏着哈里森的耳垂!

"噢!"拉娜瑟缩了一下,"放手!你弄疼我了!"

"你弄疼我了!"小老头儿准确地模仿着汉塞尔的声音说道,"别这么孩子气!"他又精准地模仿着格雷特的声音说了一句。然后他突然哈哈大笑起来,不知怎的,这声音竟像两个孩子同时在笑。

"放手!"哈里森吼道,拼命想挣脱他的手,但这个小老头儿的力气比他那小身板看起来要有力得多。

"相信我,"小老头儿奸笑一声,"跟我的女主人的计划相比,这都不算什么。你们就等着她回来吧。"然后他驱赶着他们穿过平台,踢开了后门,把兄妹俩拖进了黑暗的小屋里!

在火光的照耀下,刚好能看见一个用桦木枝做成的圆顶笼子。笼子的门是开着的,小老头儿把哈里森推了进去。接着,他摘走了拉娜脖子上的猎号。

"这个我拿走了。"他咧嘴笑道,把拉娜也推进了笼子,砰地关上了门,闩好。

"那是我的!"拉娜要求道,"还给我!"

"真是个漂亮的小东西,是不是?"小老头儿边说边查看猎号,"我想知道,这是你从哪儿弄来的?"

第十九章 小老头儿的秘密工作

"汉塞尔和格雷特在哪儿？"哈里森问道。

小老头儿浮起一个恶心的笑容："你们刚才都看见了啊。"

"那两个是雕像。"拉娜说道，"女巫已经抓住他们关起来了，是不是？"

"抓住他们？"小老头儿重复了一句，"还没有呢，不过我相信她快了，我希望是就着欧芹酱吃。"

就在他说这话的时候，传来一阵咔嗒咔嗒的声响，一团蒸汽从火上一个大锅的锅盖底下喷了出来。

"你们瞧，我的女主人喜欢孩子。多亏了我，她现在有持续的供应了。"

他往火里又添了些柴火，然后拎起一个空空的木篮子，朝门口走去。

"你这是什么意思？"拉娜问道。

小老头儿顿了一下："你没开玩笑？到现在你还没弄明白？"

拉娜摇了摇头。

"你瞧，在这个童话世界里，已经快没有孩子了，而饥饿的女巫又太多,能四处闲逛的探子又太少。可你们的世界里有很多孩子,所以我——我就自卖自夸了啊——想到了一个绝妙的主意……"

"那个超市。"哈里森说。

"别插嘴。"小老头儿冷冷地看了哈里森一眼,"刚才我说了,我想到了一个绝妙的主意:把你们的世界里的孩子弄到我们这里来。一旦你们到了这里,就无力抵抗我的女主人的魔力了。所以,我说服我的女主人建了一道传送门,这一点才是真正聪明的地方……"他咻咻地笑起来,"我决定把它藏在一个——"

"超市里。"拉娜说。

"你能别插嘴吗?!"小老头儿喊道,"不过没错,就藏在超市里。以很低的价格把家长引来,再用故事钓小孩上钩。"

"可是……"拉娜反驳道,还是有点想不通,"可你一直都在叫我别看这个故事,说它太吓人了。"

"没错,"小老头儿回答道,一双亮晶晶的棕色眼睛盯住她,"不然怎么让你们这些傻孩子做我想让你们做

第十九章 小老头儿的秘密工作

的事呢？"

"等等，"哈里森打断道，"为什么你之前要把我们送到这个故事别的章节去？为什么不直接把我们带到这里来？"

小老头儿咧嘴笑道："你觉得是为什么？"

哈里森耸耸肩。

"是为了让你们变得勇敢。要是直接就把你们带到这儿来，会吓坏你们的。我的女主人不喜欢那样，她说会影响口味。"

"你说谎！"拉娜说。

"你们就要成为晚餐了！"小老头儿幸灾乐祸地说道，"她会先把你们俩变成木头，就像曾经对汉塞尔和格雷特做过的那样，她说这是最好的保鲜法。等她准备好了，就会把你们扔进那个锅里煮了吃。"

说完他就走了，顺手带上了门。

"快！"拉娜低声说道，咔嗒咔嗒地摇着笼门，"我们得从这儿出去！"

可笼门纹丝不动。

169

"看看能不能摸到门闩!"哈里森催道。可笼子栏杆之间的缝隙只能通过拉娜的指尖。

"太窄了!"

"这下可怎么办?"他倒吸一口气。

"我们要冷静。"

"她要吃掉我们了!那个女巫就要回来吃掉我们了!"

"哈里森!"拉娜按住哥哥的肩膀,他正两眼瞪得像铜铃一样地盯着她,"记住我们的任务,我们是来这里救汉塞尔和格雷特的。不管怎样,我们都要逃出这个笼子!"

"怎么逃得出去?"哈里森绝望地问道。他所学的东西没有一样能应付眼前这个特殊的问题。

拉娜的脑子里一片空白,也不知道要怎么逃。可就在这时,她突然想到了一个主意,有点冒险,但没准儿可行。

"等他回来,你就求我给你讲个故事。"拉娜说。

她只来得及说这么一句,因为就在这时,门开了,小老头儿又走了进来,费劲儿地提着一篮子重重的木头。

拉娜静静地看着他忙活了一会儿,等待时机。她的心

第十九章 小老头儿的秘密工作

跳得很快,脸上却不动声色。

"我得承认,"她开口道,尽量显出一副随意的样子,"那个超市,那些散装糖果,用童话故事引我们上钩……确实很聪明。"

小老头儿疑惑地看了她一眼,往火里扔了几根木头。

"女巫会很喜欢你的。"

一阵沉默,小老头儿用拨火棍拨弄着火苗。

"她什么时候回来?"

"这不关你的事。"

"拉娜?"哈里森央求道,"能不能给我讲个故事,让我别去想那个女巫?"

"噢,好吧,"拉娜假装生气地说,"那讲个短的吧。"

"可以讲个童话故事吗?"

小老头儿竖起了耳朵。

"当然可以,"拉娜答道,"让我想想……"

拉娜假装在想,其实一直都在密切地留意那个小老头儿。小老头儿正在一口大锅里搅拌,可拉娜能看出来他在听。

"我知道了，"她自信地说道，"就讲《小男孩儿、小女孩儿和小老头儿》怎么样？"

"哦，好的，快讲吧，"哈里森说，"我喜欢这个故事。"

哈里森当然不知道拉娜要讲什么。

"那么，这个故事的开头是怎么讲的呢？"拉娜沉思着，"啊，对了……"

以下……嗯，差不多就是她讲给他听的故事……

第二十章

拉娜讲故事

从前有一个小男孩儿和一个小女孩儿,他们的爸爸突然去世了,留下他们和妈妈在这个世界上相依为命。

一开始,他们的妈妈非常难过,没日没夜地哭,但随着日子一天天过去,回想着一家人曾经度过的美好时光,她终于又能笑出来了。

又过了一段时间,他们的妈妈决定再婚了。

一天，她在森林里捡柴火时，遇到了一个身穿时髦紫衣服的小老头儿，不久就决定要嫁给他。

拉娜看到小老头儿顿了一下才又往火里添了一根柴。她暗暗笑了笑，深知这种有一个角色能把自己代入的故事人人都会喜欢。

结婚一年后，这对夫妇有了一个小女儿。

"别担心，"小老头儿安慰妻子，"有了自己的孩子，我也不会忘记两个继子继女的，我会对孩子们一视同仁。"

可他并没有做到。相反，他溺爱自己的女儿，对小男孩儿和小女孩儿很坏。每当有什么东西坏了，他就说肯定是那两个孩子干的，导致两个孩子陷入一堆麻烦，就连他们的妈妈都相信了他的谎话。

他的女儿睡在她自己独有的房间里，拥有一张羽毛床，而小男孩儿和小女孩儿则被迫住在厨房的笼子里，几乎没有东西吃。很快，他们就感觉太痛苦了，决心离家出走。

第二十章 拉娜讲故事

"可我们能去哪儿呢?"小女孩儿问哥哥。

"去森林里。"他答道,"森林里很黑,到处都是危险的生物,可就算是这样,也比这里要好。"

那天晚上,一直等到房子里其他的人都睡着了,小女孩儿才把手从笼子的栏杆中间伸出去,拔下插销,兄妹俩一起悄悄地溜出家门,走进了森林。

到这时,两个孩子还不知道小老头儿会魔法。其实以前他们的妈妈在森林里遇见他时,就被他施了咒语,让她爱上了他。小老头儿的内心也和他的外表一样丑陋,可他的咒语让他们的妈妈相信了他是一个善良且英俊的人。

看到小老头儿皱起了眉头,拉娜使劲儿忍住不笑。他都不记得要烧火了,正身子前倾地坐在凳子上,仔细地听她讲故事。

跟许多会魔法的人一样,小老头儿闭着眼睛也能看见东西,所以即使在睡着的时候,他也能看到两个孩子悄悄从房子里走了出去。

"哈！"他想，"这下我可算能永远摆脱那两个可怕的继子继女了！"

随后他对森林里所有的小溪施了一个咒语，不管谁喝了这些小溪的水，都会变成鹿。森林里到处都是猎人，这样这两个孩子就别想安全了。

与此同时，在森林的深处，小男孩儿和小女孩儿遇到了一条潺潺的小溪。

"瞧！"小男孩儿叫道，"快来喝水！走了这么几个小时，我都快渴死了！"

可就在他们俩都朝河面俯下身的时候，小女孩儿听到了水流的悄悄话。

"不要喝我！"它说，"我被施了魔法，谁喝了我就会变成一头鹿！"

小女孩儿赶快对哥哥说："不要！不要喝这水！"

可已经太迟了，这个小男孩儿不见了，取而代之的是一头吓坏了的白鹿！

"妹妹，妹妹，我这是怎么了？"他喊道。

第二十章 拉娜讲故事

"嘘,小鹿,"小女孩儿说道,注意不做出任何突然的举动,免得把这头动物吓走,"我会照顾你的。"

拉娜顿了一下,高兴地看到小老头儿正在认真地听她说的每一句话。

小女孩儿领着小鹿在森林里穿行,很快就有点累了。可她找不到能让自己和小鹿安全休息的地方。不久,她的腿就疼得不行,感觉一步也走不动了。她正想在森林的地上躺下来,这时白鹿轻轻地推了推她的胳膊,带着她穿过一片树林,朝着一片空地走去,那片空地的中央有一座房子!

房子很美!有漂亮的茅草屋顶和蜂蜜色的石头墙,还有一个花园,里面开满了色彩鲜艳的花朵,还种着一排排整齐的、看起来很美味的蔬菜。

小女孩儿推了推前门,发现门并没有锁,她就领着小鹿走了进去。

"喂?"她叫道,"有人在家吗?"可是没有人应。"来吧，亲爱的哥哥，"她对小鹿说，"在主人回来前，就由我们来照料这座房子吧。希望他们会好心地让我们住下来。"

她从花园里摘了些美味的蔬菜，做了一顿夜宵，然后一人一鹿都筋疲力尽，睡得十分香甜。

如果第二天没被一阵粗鲁吵闹的猎号声吵醒的话，他们也许会幸福快乐地一直在那里生活下去了。

"哈里森，你知道猎号是什么吗？"拉娜问道，意味深长地瞪了哈里森一眼。

"不知道，猎号是什么东西？"哈里森配合地问道。

"这里就有一只。"小老头儿不耐烦地喊道，举起他从拉娜身上抢来的那只号角，"好了，快说，接下来发生了什么？"

"让他好好看看吧，"拉娜要求道，"这可能是他这辈子听到的最后一个故事了。要不把它放在炉子上，这样更近一些？"

小老头儿叹了口气，把猎号放在火塘上方的铸铁炉子上。

第二十章 拉娜讲故事

她的计划奏效了！炉火会把猎号烘干，拉娜想。于是，她继续往下讲。

一听到猎号的声音，小鹿就从睡梦中跳了起来。

"听啊，妹妹！"小鹿喊道，"你听到那声音了吗？猎人来了！让他们来追我吧，求你了！"

"什么？"妹妹问道，"你为什么会想让他们来追你？"

"求你了，我需要跑跑！"

"好吧，"小女孩儿说，"可你回来的时候，必须敲三下门，说：'开门啊，亲爱的妹妹，你的小鹿哥哥回来了！'那样我就知道是你了。"

小女孩儿打开窗户，白鹿跳了出去，越过花园的篱笆，去追猎人了。一整天他都在嘲弄他们，一直待在他们的射程范围外。然后，夜幕降临的时候，他就小跑着回到小屋来。

按照小女孩儿教他的那样，他用蹄子敲了三下门，喊道："开门啊，亲爱的妹妹，你的小鹿哥哥回来了！"

小女孩儿打开门，伸出双手抱住了他的脖子。

"谢天谢地,你平安无事!"她叫道。然后她领他进屋,让他吃晚饭,一人一鹿蜷缩起来睡觉。她睡在羽毛床上,他就躺在床边的干草堆上。

可是第二天早上,他们又被一只猎号的声音吵醒了。

"一只什么?"哈里森问道。即便在黑黑的笼子里,拉娜也能看到他的眼睛里闪烁了一下。

"我都告诉过你了。"拉娜假装生气地说道,"一只猎号啊。"

"对哦,"哈里森说,"就跟炉子上的那只一样。"

"嘘!"小老头儿说道,"别打岔。"

"请你再让我跟猎人们去吧!"小鹿喊道。

"当然不行了!"他妹妹说,"上一次是你运气好,这样做太危险了。"

"求你了!"小鹿恳求道。

小女孩儿感觉自己别无选择,只能让他去。他又一次蹦跳着穿过森林,加入了狩猎之中。

第二十章 拉娜讲故事

可这次他就没有那么幸运了。猎人头子在他的一条腿上射了一箭,虽然小鹿仍然一瘸一拐地设法回到了小屋,可猎人追踪到了他的足迹,躲在灌木丛里看见小鹿敲了三下门,还喊了一句:"开门啊,亲爱的妹妹,你的小鹿哥哥回来了!"

小女孩儿打开门,催小鹿快进屋。

唔……猎人琢磨着。原来他住在这里!一头雪白的鹿!太稀有了。要是把他的脑袋做成标本,挂在宫殿的墙上,那得多么值钱!我得去告诉国王。他悄悄地溜走了,谁也没看见。

看到哥哥受了伤,小女孩儿担心得不得了。"你再也不许去狩猎了,"她边说边包扎他的腿,给他裹上从花园里采来的草药,"太危险了。"

"你不懂!"哥哥恳求道,"我全身的血液都在渴望奔跑。"

那天晚上,小女孩儿担心得几乎没有睡着。

果然,黎明到来时,他们又听到了猎号声。

"你听过猎号的声音吗?"拉娜问哈里森,再次意有所指地看了他一眼。

"哦,你们俩能别一直打岔吗?"小老头儿生气地说道。

"好吧,对不起,可我们想努力理解这个故事,"哈里森说,"我还从来没有听过猎号的声音。"

小老头儿气得忍无可忍,一把抓起炉子上王子的那只猎号吹了起来。令孩子们非常高兴的是,一阵浑厚深沉的声音响彻整个小屋,传到了森林里。"就是这样的声音!好了吧?满意了吧?喂,拉娜,快说后来小鹿怎么样了?"

哈里森和拉娜你看看我,我看看你。拉娜的计划成功了,小老头儿已经吹响了号角!这下他们就只能巴望着王子听到了号声,及时赶过来……

"嗯?"小老头儿问道。

"对不起,"拉娜说着,想着王子随时能赶来,"我刚刚说到哪儿了?"

"说到猎人发现了小鹿的住处。"

"啊,对。"拉娜说着瞥了门一眼。

第二十章 拉娜讲故事

"快接着讲。"小老头儿大吼一声。

拉娜清了清嗓子,接着讲故事。

果然,黎明到来的时候,猎号再次响了起来。小鹿的伤早已奇迹般地康复了,他又一次蹦跳着穿过森林,渴望加入狩猎。

可国王已经知道了小鹿的事,还布好了天罗地网。他命令猎人去追赶,但不准开枪。趁着小鹿在森林里奔跑,国王来到了小屋外。

他按照猎人头子给的说明,敲了三下门,并喊道:"开门啊,亲爱的妹妹,你的小鹿哥哥回来了!"

门开了,然后……

突然,小屋的门闩咔嗒一响,后门被打开了。

拉娜和哈里森笑着站了起来,预备迎接王子的到来!

可他们的脸拉了下来。

因为,裹着一件金紫相间的丝绸斗篷耸立在门口的,是女巫。

第二十一章

第十三位女巫

女巫掀开了斗篷的兜帽。她有着像陶瓷一样光滑的皮肤、像亚麻一样的头发和宝石一样闪闪发光的眼睛。

她嗅了嗅空气。"伦波特，你有没有想过，我为什么会住在这么偏远的森林里？"

小老头儿害怕地吸了口气，摇摇头："因为房价？"

"因为我注重隐私。"似乎是为了强调这句话，她关上了门，"你知道隐私是什么，对吧？"

小老头儿点点头，吓得不敢说话。

"那我可以问一下，刚才那吵死人的声音是怎么回事吗？"

小老头儿低头看了一眼脖子上的猎号。他的下嘴唇抖个不停，一副就要哭出来的样子。然后他伸出一根手指头指责道："这都怪他们。"

女巫缓缓地转过身，凝视着哈里森和拉娜，这时才注意到他们。她笑了一下，闭上眼睛深深地吸了一口气，仿佛空气里满是美味的香气。

"天哪！"她柔声说道，"孩子！"

"从超市里来的。"小老头儿傻笑着，扭着双手，用眼神乞求原谅，"我跟您说过，我的计划会成功的。这两个还只是第一批孩子，女主人，我保证。"

"但他们怎么在这里面？这可不是待客之道。"

"我……我……"小老头儿结结巴巴地说。

"我真的很抱歉。"女巫安慰着，拔开了笼子上的插销，"说实话，伦波特，你刚才都是怎么想的？"

她朝拉娜伸出手，但拉娜在犹豫。

第二十一章 第十三位女巫

"过来,孩子,我不咬人,我保证。"

拉娜战战兢兢地抓住女巫的手,由着她把自己带出笼子。可女巫并没有放开手,反而把她拉近了一些。

"我能问一下你叫什么名字吗?"

"拉娜。"

女巫的手指拂过拉娜的脸蛋,冰凉冰凉的,拉娜浑身直抖。

"这又是谁呢?"她朝笼子里看去。

"我哥哥,哈里森。"

"男孩子!"女巫笑着说,"过来,让我看看你。"哈里森迟疑了一下,爬出笼子,站在妹妹的身边。

"你们喝过什么,或者吃了什么东西吗?"

拉娜和哈里森摇摇头。

"伦波特,给我们的客人准备点吃的!"她意味深长地看了小老头儿一眼。小老头儿点点头,去炉子边忙活了。

"来,喝一杯吧。"女巫对孩子们笑笑,拎起一个锡壶,往两个锡杯里倒了两杯热气腾腾的香浓热巧克力。

可惜巧克力闻着再美味,兄妹俩也知道,女巫给的饮料可喝不得。两人一人拿起一杯举到嘴边,假装抿了一口。

"喂,伦波特,怎么没有煎饼?我总觉得,孩子太瘦了不好。身上有点肉的孩子尝——"话说一半,女巫又咽回去了,"对不起,是看起来会更好。"

"很乐意为您服务,女主人。"小老头儿上气不接下气地说着,摆上来两个淋了糖浆、看着好吃极了的薄煎饼。

"唔!"女巫欢呼一声,高兴得直搓手。

"哈里森,你怎么不拿一个呢?"

哈里森看了看拉娜,又看了看自己的杯子,朝拉娜几乎不可见地点了点头,这个动作只有妹妹才会懂。

哈里森小心翼翼地伸出手,停在两个煎饼上方,仿佛在想要拿哪一个。但只见眼前一闪,他就转过身把饮料泼在了小老头儿的脸上。小老头儿猝不及防地尖叫起来。

几乎是同时,拉娜把自己那杯泼在了女巫脸上!

"啊呸——"女巫呸呸地叫着,踉跄地往后退去,浓稠的液体顺着她的脸滴了下来。

第二十一章 第十三位女巫

拉娜跳起来把女巫推进了开着的笼子里。趁小老头儿还没有回过神来,哈里森使劲儿揪住他的耳朵,也把他扔进了笼子里。

拉娜连忙闩上笼子,两个孩子马上朝门口跑去……

可两人僵住了。

女巫正正地挡在了他们面前。她怎么这么快就从笼子里出来了?

"不错不错,"她假笑了一声,"大多数孩子都会吓得不敢逃,但你们俩……"她舔了舔薄薄的嘴唇,"你们俩与众不同啊。干得不错。伦波特,请你去把他们的奖品取来。"

拉娜和哈里森转过身去,看着已经站在空笼子旁边的小老头儿。两人的心沉了下去:女巫的魔法太强了,他们根本对抗不了。他们只能眼睁睁地看着小老头儿慢悠悠地朝一个有玻璃柜门的柜子走去。柜子里摆着一排又一排的小玻璃药瓶,每一个都装满了彩色的粉末,上面装饰着奇怪的符号。

"我觉得那个绿色的不错,你说呢?"女巫问道。小老头儿毕恭毕敬地把一个装着粉末的小药瓶递给她。女巫微笑着拔开软木瓶塞,倒了一点点粉末在手掌心里,然后撒在了哈里森和拉娜的头上。

拉娜瞥了哈里森一眼,惊恐地发现他已经变成了一尊木雕!她想说话,可嘴唇张不开了,脑袋转不动了,眼睛也动不了了,全身上下都不能动。突然间她明白了,她也变成木雕了!

"你们可能还在奇怪自己怎么动不了了——为了给你们保鲜,我已经把你们变成木头了。伦波特?"

小老头儿慢慢地挪动过来。

"这个女孩可以去外面,跟其他人在一起。这个男孩……"女巫黄色的手指拂过哈里森那张彩色的木头脸,"这个男孩就可以下锅了。"

"遵命,女主人。"

"不!"拉娜在心里大喊,"放开他!"可还是一个字都没能说出来。她只能惊恐地望着小老头儿把哈里森从自己的视线里拖走。

拉娜听见了那口大锅的锅盖揭开的声音,还有沸水

"嗞嗞"翻腾的声响。她全身的每一个地方都想踢、想捶、想打,想拼尽全力去帮哥哥,可却连一块肌肉都牵动不了。

女巫朝大锅走去,走出了拉娜的视线。现在拉娜只能看到房间里一个空空的角落了!

"下锅吧!"小老头儿大喊一声。紧接着,拉娜听到了吭哧吭哧的声音,像是谁在摆弄一个很重的东西……

这时……叮!

是射箭的声音!

紧接着,响起了一声令人毛骨悚然的尖叫!

第二十二章

飞翔追击

就在那一刻,拉娜发现自己能动了。她急忙转身去看那口大锅,可并没有在锅里看到哈里森。哈里森已经安然无恙,她大松了一口气。小老头儿正站在哈里森身边,惊恐地瞪着他。

拉娜往下一看,看见了女巫的身影。女巫脸朝下倒在地板上,被丝绸斗篷盖住了。斗篷里支出来一支金色的箭。

小老头儿举起双手投降。拉娜顺着他的目光往敞开的房门看去。王子正站在门口,手里握着一把长弓。

原来是奥托王子听到了猎号声,赶来救援,他正好赶上了这千钧一发的时刻!

"拉娜,你没事吧?"他冲到她的身边问道,"我以最快的速度赶来了。"

突然传来一阵拍打翅膀的声音,一只天鹅降落在门口。

"野玫瑰!"拉娜喊道。

可天鹅并没有跟他们打招呼,而是大步走过木地板,叼开了女巫的丝绸斗篷,这才发现女巫的尸体并没在斗篷下面!女巫之前躺着的地方,只有一只长着宝石红眼睛的大青蛙。

"这青蛙就是女巫!"哈里森叫道,"她还没死!"

他话音未落,那只青蛙就跳起来蹦向敞开的窗户。

不过天鹅的动作更快,它只拍了一下翅膀,就飞到空中,嘴一啄就叼住了青蛙。接着天鹅的嘴巴大张,这只无能为力的两栖动物就顺着天鹅的食道掉了下去。

天鹅咽了一下,摇摇脑袋,大家就眼睁睁地看着一个青蛙形状的大包顺着它的脖子一路下滑,最后消失在胃里。

"哎哟。"拉娜说着,感觉既高兴又恶心。

天鹅刚刚冷静下来,就开始变形了。它的腿变得更长,身体更瘦,脖子更短,翅膀变成了一件白色的斗篷——野玫瑰恢复了人形。

"女巫消失了,"野玫瑰笑道,拉娜看见她的眼睛里泛起了红色的斑点,"而且再也没法伤害我们了。"

"妈妈!"两个熟悉的声音喊道。

"孩子们!"野玫瑰大叫一声,跪下来张开双臂。

汉塞尔和格雷特冲向妈妈,和野玫瑰紧紧地抱在了一起。

"我……我……不明白……"王子惊得结结巴巴地说道,"你们俩怎么会在这儿?"

"我们是被女巫绑架来的。"格雷特说道。

"什么？！"

"她还把我们变成了木雕，"汉塞尔解释道，"打算吃了我们。这两个孩子想救我们，但也被她变成了木雕。"

野玫瑰抬头看着王子。"你刚刚射死的那个女巫就是第十三位仙女。"

"那个第十三位仙女？"

"没错。她假扮你的父亲，给我寄了一封信，把我们骗了过来。不过现在她死了，她的魔法也转移到了我的身上。"

可哈里森笑不出来，"拉娜……"他的声音小了下去。

"怎么了？"

"伦波特呢？"

他说得对。那个小老头儿原来一直站在那口大锅的旁边，此刻完全不见踪影。

拉娜皱着眉头冲过去。那里只剩下他扔掉的栗色连体工作服。这时，有个东西吸引住了拉娜的视线。女巫敞开的柜子顶上停着一只棕色的小鸟。小鸟的喙上叼着一根丝

第二十二章 飞翔追击

带,丝带上则吊着一个小小的玻璃药瓶。那瓶子里的粉末是金色的,而丝带是紫色的。

拉娜倒吸了一口气,突然间,她明白了一切:

这只棕色的小鸟就是那个小老头儿!

那只鸟侧过脑袋,直直地看着拉娜。它叽叽地叫了几声,接着飞了起来,从大家的头顶飞过,飞出了房门。

"它跑了!"拉娜喊道,"刚才飞走的那只小鸟,就是那个小老头儿!"一个可怕的想法突然袭上心头,"它要去关上传送门了!"

"快!"野玫瑰边说边开始变成天鹅,"爬上来!"很快她就完成变身,哈里森和拉娜爬到了她的背上。

"孩子们,"野玫瑰对汉塞尔和格雷特说道,"快向我们的好朋友拉娜和哈里森道别,他们是我们的救命恩人!"说完,她扇起巨大的翅膀起飞,往上飞过这片溪谷的边缘,又往下坠入山谷。

"再见,拉娜!再见,哈里森!"孩子们的声音在树林里回荡,"祝你们好运!"

可拉娜和哈里森一心只想着抓紧了别掉下去,没有回应。两旁的树干闪着银色的光芒，就在离他们几厘米近的地方擦身而过。野玫瑰一会儿向前滑翔，一会儿又向下滑翔，沿着瀑布脚下迷宫一样的岩石群，飞入了森林之中。

几分钟后，他们就飞到了那条小溪的上方，朝着河流飞去。拉娜抬头一看，只见那只小鸟就飞在他们的正前方，仍然叼着那个药瓶，正在拼命地飞。野玫瑰的力气非常大，眼看就要追上它了！

"嘎！"野玫瑰叫了一声。

棕色的小鸟感觉自己就要输了，往左一拐，飞进了树林。

"这边！"拉娜指着它叫道。

"不，"野玫瑰答道，"我们顺着小溪飞，更快！"

果然，几秒钟后，等他们冲出森林，拉娜瞥见那只棕色的小鸟就飞在他们前面大约两百米的地方。

"快！"拉娜喊道，"它朝传送门那边飞去了！"

野玫瑰往左一转，将小溪抛在了身后，飞快地穿过沼泽地，每拍一下翅膀都对准了那只小鸟。可就在这时，灾难来了！一阵狂风把他们刮离了航线。

野玫瑰一会儿向前滑翔,一会儿又向下滑翔。

"在那儿！"拉娜大喊一声，指着河面。棕色的小鸟在水面上盘旋，仿佛在找什么东西。接着它扎到水下，消失不见了。

野玫瑰仍在跟狂风搏斗，可她无能为力，只能往上飞出狂风的路径，飞到更平静一些的上空。

"传送门肯定就在那里！"拉娜指着那只小鸟扎下去的地方说道。

"抓紧了！"野玫瑰命令道。她向前一冲，开始朝着河面往下滑翔。

拉娜和哈里森紧紧抓住野玫瑰的羽毛，拼命地稳住身子。很快河水就扑面迎来，野玫瑰的双腿在河流中间湍急的水面上滑行。接着，在确定已经安全了的时候，野玫瑰放慢速度，停在了水面上。

"到了！"她叫道，伸展开翅膀。拉娜抓住了一边的翅膀，哈里森抓住了另一边。"深呼吸！"

拉娜刚往肺里吸满空气，野玫瑰就变回人形，潜入了水中！

四周一片死寂，他们越沉越深。拉娜睁开眼睛，看着上方在阳光下闪闪发光的水面。她感觉血冲上了脸庞,好想呼出一口气。就在她一秒钟也憋不住了的时候,周围的水竟退了下去,她噗地往外吐出一口气,接着又深深地吸了一大口。

过了一小会儿,她才意识到,自己和野玫瑰以及哈里森正像软木塞一样,在透明的塑料滑槽里上下浮动。

"找到了!"野玫瑰喊道,"我都快要放弃了。"

拉娜想说话,可是喘不过气。

"你们得爬上去。"野玫瑰催道,"水涨得很快,过不了太久,这条隧道就会被淹没的。"

"拉娜,你先上!"野玫瑰指挥道,"踩到我的肩膀上来,我再推你一把。"

拉娜还在使劲儿呼吸,湿漉漉的胳膊和腿在光滑的塑料上滑来滑去,她听话地照做。

"现在站起来!"野玫瑰喊道。

拉娜用胳膊撑住,摇摇晃晃地站了起来。

"继续!往上爬!"

"我爬不上去,"拉娜喊道,"太滑了!"

"好吧,"野玫瑰说,"那你就跳上去。先蹲下,然后再往上跳!"

拉娜双手搭在野玫瑰的头顶,尽可能低地蹲下身,接着再使出全身的力气,往上跳进滑槽!

有那么一会儿很可怕,她一直在半空中盘旋……

随后,她缓缓地、缓缓地开始往上升……她往下瞥了野玫瑰和哈里森一眼,哈里森已经在她身后爬了上来。

"再见了!"她朝野玫瑰喊道。

"再见,拉娜!"野玫瑰笑得像阳光一样灿烂,"谢谢你!"

拉娜往上看——或者是在往下?——滑槽壁从她身边滑过,越来越快,直到她实在弄不明白自己是在往下掉还是在往上升。她能听到雷鸣般的水流声从身后的滑槽上涌过来,几乎就要冲到她身上了。接着,她又十分确定自己在往下掉,往下,往下,往下,越来越快,向后,向前,向侧面,隧道开始拐弯了!就在她感觉自己的速度快得不能再快的时候,隧道拐弯又拐弯,使得她慢得几乎停了下来。她的脑袋撞到了一扇活板门上,门立刻就开了。她睁开眼睛,发现自己从薄荷糖桶里探出了头。

周围的惨况令拉娜倒吸了一口冷气——一条巨大的裂缝破开了地面,几乎贯穿了整个超市,而且还在不停地扩大,吞食着它能接触到的所有的东西。

还没等她好好反应一下周围的混乱,她就被人从糖果桶里推了出来,重重地摔在了地板上。哈里森的脑袋出现在拉娜的脑袋上方,可他还没来得及说话,一股水流就把他从糖果桶里冲了出来,他也重重地摔在拉娜的旁边。

她松了一口气。他们终于回来了,不过仍然很不安全。

两人跳起身来,因为裂缝越来越长,已经把他们右手边的整条玩具通道都吞没了。地面在隆隆地震动,支撑屋顶的钢梁开始变弯,发出可怕的嘎吱声。

整个超市都要坍塌了。

"这边!"拉娜指着超市前面喊道。她伸出手给哈里森抓住,两人开始逃命。

拉娜回头望了一眼,只见那些散装糖果桶正在裂缝边缘摇摇晃晃,一阵阵的糖果雨泼向裂缝深处,随后整个货架都倒了下去。那些传送门被永远地关上了。

拉娜和哈里森拼命地往收银台另一边的双开门入口跑去。

可拉娜突然停下了脚步，使得哈里森撞到了她的身上。一盏红灯在闪烁，那两扇电子门就在裂缝的上方有节奏地一开一合，而那条裂缝已经延伸到停车场了。拉娜急忙转身，希望还能找到另一条路出去，可整座建筑正在自我折叠。这条路是他们唯一的希望。

"我们必须跳过去！"哈里森喊道。

我们不可能做到的！拉娜想。

可哈里森是对的，这是他们唯一的选择。于是，拉娜压下心里所有的恐惧，让自己平静下来，冷静下来。时间在慢慢地、细细地流淌。她深吸了一口气，专注地看着两扇门开合的节奏：开，合，开，合。她估摸着往后退了几步，随即往前冲去……就在她的左脚刚踩上裂缝的边缘跳起来时，门合上了！她从空中扑过去，门又开始打开，开到最大的时候，她正好扑到了门中间。接着，等门开始合上时，她已在往下落，右脚稳稳地踩在了门外。

她回头一看，看见哈里森正跳到门口。但他跳的时机不对，拉娜眼睁睁地看着双开门夹住了哥哥落后的脚，他掉下去了。哈里森调动起全身每一块肌肉，扭动着上身，伸出双手抓向裂缝边缘。

"救命！"哈里森尖叫着，指尖紧紧抠住裂缝边缘不放。

拉娜扑倒在地，抓住了他的手腕。

随着整座建筑垮塌成一堆，夜空中腾起了一阵蘑菇云。

"我要掉下去了！"哈里森喊叫道，"拉娜，我要掉下去了！"

尾　声

超市消失了

"别担心！"拉娜叫道，"我抓住你了！"

她往后一靠，使劲儿拉着，感觉全身上下每一块肌肉都绷紧了，在燃烧。她缓慢而坚定地把他越拉越高，直到他跟她一起坐在了树屋里。

"对不起！"哈里森大声地说道，"我差点就失去理智了。"

"没事。"拉娜安慰他说，"在游戏里感到害怕是没关系的,这样一旦你真的遇到危险,就知道该怎么做了。"

"谢谢你,拉娜,"他感激地说道,"现在,我们说到哪儿了?"

"我就是我,"拉娜提醒他,"你就是你,超市要塌了,我们正在拼命逃走。"

"哈里森!拉娜!"

爸爸在叫他们。

"吃午饭了!"

"再等五分钟!"哈里森喊道,"我们还在玩游戏呢。"

"马上过来,拜托了,"爸爸喊道,"饭都摆上桌了。"

"至少他俩又在一起玩了。"妈妈说着走到他身边。虽然有不少乌云在示威,但阳光还是很耀眼。他们决定在屋子外面吃。

"没错。"爸爸说道,从水罐里倒了四杯水,"虽然我更希望哈里森整天待在自己的房间里,没这么吵。"说着他就笑了,表示他这话不是当真的。

"你知道我怎么看吗?"

"怎么看?"

"那本童话书,我们从格林超市买回来的那本,激发了他们俩的想象力。"

爸爸放下水罐,耸了耸肩:"这么说,在市政委员会拆除它之前,那超市还是发挥了点作用的。"

"你真觉得就是这么回事?"

"我猜是没有得到规划许可,"他说,"不然它为什么一夜之间就不见了?"

两人说到这里就没再往下说,因为开始下雨了。拉娜和哈里森咯咯地笑着跑过来,妈妈开始大喊着指挥他们把什么东西带进来,爸爸则努力用雨伞遮着餐桌。

也就是说,他们谁也没有看见杜松树上停着的那只棕色小鸟,没发现它正用亮晶晶的棕色眼睛注视着他们。

那只棕色的小鸟感觉自己已经看够了,就叽叽地叫着告别,穿过花园飞走了。它飞上屋顶,沿着山坡往下,朝村子飞去:从商店高高的上空飞过,经过红色的邮箱,俯冲向那排歪歪斜斜的房子旁边的蜀葵花园,然后掠过希尔考特议会楼那高高的紫杉树篱。

随着雨大起来,它拐弯飞向空荡荡的公园。那里曾经有一座巨大的超市,现在只剩下了翻出来的泥土,泥土又迅速变成了泥浆。

这只棕色的小鸟在公园上空盘旋,似乎在寻找什么东西。这时,它看到了:一块半埋在土里的牌子。牌子是紫色的,上面只有一个突兀的、金色的"格"字,后面的字都埋在了地下。

鸟儿在空中盘旋着,睁着珠子一样的眼睛看着。那牌子开始陷入泥浆当中,很快就只剩下金紫色的一角,再然后就全部陷了进去。

那片泥浆"打了个嗝",仿佛在消化什么美味的食物。

棕色的小鸟很满意,又叽叽地叫了起来,拍打着翅膀,开始往上飞,往上飞,穿过滂沱的大雨,飞向太阳正挣破云层的地方。

致　谢

很久很久以前，在一个遥远的地方，我提笔为我的三个孩子各写了一个以他们为主角的故事。《我遇见圣诞老人的那一夜》的主角是我的大儿子杰克逊，而《让地球消失的男孩》的主角是我的二儿子哈里森。这本书是第三本，是为我的女儿拉娜写的。和两个哥哥一样，她很有耐心地倾听了这本书的初稿，并提出了很多有帮助的修改建议。我还希望她和两个哥哥一样，长大之后都不要改变主意来控诉我……

在遇到我的妻子杰西卡·帕克时，我也掉进了属于自己的童话故事。杰西，感谢你把拉娜和哈里森带到这个世界上来，感谢你成为最聪明的母亲和家庭主妇，同时还是电影界和时尚界充满创意的全职捣蛋鬼。还要感谢你在饭馆里被人当成莎拉·杰西卡·帕克，给我们弄到了超好的位子。

写这些故事的一大乐趣是与丹妮拉·特拉兹尼合作。跟往常一样，她又超越了自己，创作出了不过时的、魔幻的甚至有点让人毛骨悚然的插图。我确信丹妮拉有自己的传送门，可以穿过去把那些东西画下来。这有点像一个达米恩·赫斯特的工厂，只不过是在仙境里，而不是在斯特劳德。我扯远了……

我是真的拜服西蒙舒斯特出版社的雷切尔·登伍德童书团队，这个团队由阿里·杜格尔领导。我的编辑简·格里菲斯为这个故事注入了活力，尤其是为它想出了一个更好的书名（我起的书名叫《魔法超市》，考虑再三，这个书名听起来有点诡异，并不是很好）。萨姆·斯文纳顿在关键时刻，把所有的故事线都画了出来，制作了一份清晰

致　谢

的编辑稿和优雅的设计图，劳里·里本斯和安娜·鲍尔斯精心做了校对，大卫·麦克杜格尔则做出了令人惊叹的美术设计，索菲·施托尔担起了出色的制作。

不过，如果一本书没有读者，那印刷出来也毫无意义，所以我还要感谢负责发行工作的活力四射的劳拉·霍夫和丹妮·威尔逊，负责公关和市场推广的令人无法抗拒的莎拉·麦克米伦，还有负责宣传的慷慨大方的伊芙·维尔索基·莫里斯。说到活力四射、令人无法抗拒以及慷慨大方，我还要感谢我在CLD通信公司的私人公关员克莱尔·多布斯，以及为我运营社交媒体的罗茜·罗宾逊。

如果不是我的文学经纪人路易吉·博诺米的鼓励，我也不会写小说：路易吉，谢谢你说服我勇敢地去尝试当一名作家，谢谢你不断地一会儿做游泳教练，一会儿又承担救生员的工作。还要感谢我出色的经纪人萨米拉·戴维斯和她在《独立报》同样出色的团队：丽莎·斯特雷顿、盖里·斯派塞和爱丽丝·伯顿。

这本书是在马拉喀什被封锁的时候写的，和范·卡森特一家在那里度过的短暂假期变成了更像是嬉皮士区一样的公社生活。罗斯、休、格雷斯、雷夫和查理，你们的幽默、冒险精神和淘气搞笑已经印在了这本书里的每一页上。无须多言，那些发生在马拉喀什的事，就留在马拉喀什……还要感谢本尼迪克特·约斯顿，一位杰出的教师；你离开了，在线教育开始起作用，我们比任何时候都要感激你！

说到摩洛哥，我们米勒一家将永远感谢一直支持我们的奥瑞卡"泡泡"：马丁和安妮·萨默斯、林恩·吉尼斯、理查德·安斯利、马克和玛吉·艾伦、亚历克斯和玛丽亚·皮托、弗雷德和罗丝娜·查莫伊、罗宾和夏洛特·斯科特、亚伯和肯扎·达穆西。也要感谢达尔扎图纳别墅酒店精心照料我们的出色员工：穆斯塔法·埃尔马蒙、扎西拉·贝纳瑞夫、娜迪亚和艾莎·巴利、侯赛因·阿贝德和莫德·杜赖德。就封锁而言，我觉得我们算很轻松了……

最后，写这本书让我对自己的父母米克和玛丽安·米勒充满感激，在我还那么小，不懂得自己有多幸运的时候，他们就给我读了那么多来自不同文化的童话故事。童话故事拥有的魔法，远远超过女巫和她们的魔宠所拥有的力量。如果这本书里也有一些魔法的话，那也得感谢我的父母。

图书在版编目（CIP）数据

我掉进童话世界的那一天 /（英）本·米勒著；阿昡译 . -- 北京：北京联合出版公司，2022.7（2022.10重印）
ISBN 978-7-5596-5924-8

Ⅰ.①我… Ⅱ.①本…②阿… Ⅲ.①儿童小说-中篇小说-英国-现代 Ⅳ.① I561.84

中国版本图书馆 CIP 数据核字 (2022) 第 017671 号

北京市版权局著作权合同登记 图字：01-2022-2159
The Day I Fell Into A Fairytale by Ben Miller
Text copyright © Passion Projects Limited 2020
Illustrations copyright © Daniela Jaglenka Terrazzini
First published in Great Britain in 2020 by Simon & Schuster UK Ltd
A CBS COMPANY

我掉进童话世界的那一天

作　　者：[英] 本·米勒
译　　者：阿　昡
出 品 人：赵红仕
产品经理：毕　婷
责任编辑：夏应鹏
装帧设计：孙　庚
内文排版：思　颖
特约监制：孙淑慧
出版统筹：慕云五　马海宽

北京联合出版公司出版
(北京市西城区德外大街 83 号楼 9 层　100088)
北京联合天畅文化传播公司发行
北京中科印刷有限公司印刷　新华书店经销
字数 80 千字　880 毫米 ×1230 毫米　1/32　7 印张
2022 年 7 月第 1 版　2022 年 10 月第 2 次印刷
ISBN 978-7-5596-5924-8
定价：38.00 元

版权所有，侵权必究
未经许可，不得以任何方式复制或抄袭本书部分或全部内容
本书若有质量问题，请与本公司图书销售中心联系调换。电话：010-64258472-800